# 천 번의 고백

# 천 번의 고백

1판 1쇄 발행 | 2025년 11월 20일

지은이 　이은일
발행인 　이선우
펴낸곳 　**도서출판 선우미디어**
　　　　등록 | 1997. 8. 7 제305-2014-000020
　　　　02643 서울시 동대문구 장한로12길 40. 101동 203호
　　　　☎ 2272-3351, 3352 팩스: 2272-5540
　　　　sunwoome@hanmail.net
　　　　Printed in Korea ⓒ 2025. 이은일

15,000원

※ 이 책은 충청북도 충북문화재단 예술창작활동 지원사업 지원금으로 제작되었습니다.

ISBN 978-89-5658-810-0 03810

# 천 번의 고백

이은일 수필집

선우미디어

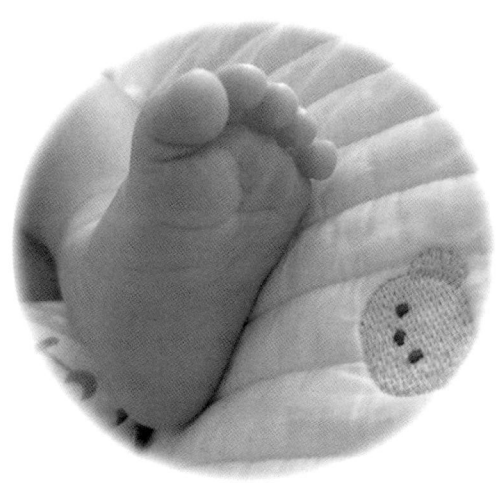

## 작가의 말

•
•
•

우리 집 거실에는 박달나무 탁자가 있습니다. 동생이 선물해준 것인데, 전체적인 형태가 약간 굽고 가장자리는 나무 모양 그대로입니다. 한쪽으로 끝이 두 뼘 정도 갈라진 홈이 있고 그 옆에 깊은 옹이가 있습니다. 검붉은 옹이 근처는 짙은 갈색 줄이 기하학적인 무늬를 이루고 있습니다. 지문 같은 기록입니다. 세상에 하나밖에 없는 소중한 탁자라는 생각에 더욱 애정이 갑니다.

아무 말 없이 상처를 감싸 안는 나무처럼 살고 싶습니다. 내 삶을 살아가는 일이 나만의 무늬를 만들어가는 일임을 알 것 같습니다.

첫 번째 이력서를 내놓습니다. 교정지를 차례대로 읽어가다 보니 글의 단단함과 성긂이 한눈에 들어옵니다. 부족하지만 모두가 지금껏 살아온 내 삶의 서툰 고백이자 흔적이라 애틋합니다.

옹이가 배기고 어설프게 그려진 나의 이력서를 따뜻한 시선으로 봐줄 가족과 문우님들 사랑합니다. 나를 글 쓰는 사람이 되게 해주신 선생님 감사합니다.

2025년 촉촉한 시월에
이은일

# 차례

## 1. 인생 이면지

## 2. 맨드라미 앞에서

## 3. 아버지의 정원

## 4. 마음의 유효기간

# 6. 미로를 걷는 법

# 1.

# 인생 이면지

# 귀뚜라미 계절

욕실에서 귀뚜라미가 울고 있다.

다른 벌레였다면 벌써 찾아내어 퇴출하고도 남았을 것이다. 하지만 나는 며칠째 로얄 박스에서 오페라를 감상하듯 귀뚜라미의 세레나데를 조용히 듣고만 있다. 침대에 누워 생생하게 가을을 만끽하는 기분이 은근히 근사하다. 올봄에 샷시와 방충망을 새것으로 교체했는데, 도대체 귀뚜라미는 어느 틈으로 들어와 샤워 커튼 안자락에 자리를 잡은 걸까. 아무리 철통같이 차단한들 오는 가을을 어찌 막을 수 있겠는가. 구애하는 일이 가을 전령사로서의 소임까지 완수하는 것이라면, 어쨌든 귀뚜라미는 온 힘을 다해야 하리라.

산다는 것은 늙음으로 향하는 길, 늙는다는 것은 완성으로 가는 길일까?

그렇지만은 않은 것 같다. 내면의 떫은 것을 익혀내는 저 발열(發熱)과 인고(忍苦)의 시간. 홍시는 늙어서 그저 완성되는 것이 아니었다.

"익었느냐?"

손등으로 수박을 두드리듯 누군가 내 안을 노크한다.

"익었느냐?"

어쩌자고 철들지 못한 떫음이 그대로 남아 있다.

완성이란 시간의 변화가 아닌 영적(靈的) 변환(變換)인 것을.

한 편의 글쓰기도, 인간의 품격도 이와 같은 것이 아닐까? 문득 그런 생각이 들었다.

– 맹난자의 수필 「홍시」 중에서


얼마 전에 「홍시」라는 제목의 짧은 수필을 읽었다. 작가는 아직 푸른빛이 가시지 않은 감 서너 개를 채반에 받쳐 창가에 둔다. 홍시가 되어가는 것을 지켜보면서, 그 내면의 떫음을 익혀내는 발열과 인고의 시간을 생각한다는 내용이다. '익었느냐?'라는 글 속의 물음을 보았을 때, 누군가가 내 마음의 문을 두드리는 것 같았다. '어쩌자고 철들지 못한 떫음이 그대로 남아 있다'라고 말하는 자기성찰이 가슴을 파고들었다. 혼자만 읽기에는 못내 아쉬웠다. 그래서 지난주 수필 수업 시간에 모범 글로 가져가 문우들과 함께 소감을 나눴다.

우리 집은 아파트 2층이다. 부엌 창문 밖으로 정원수들이 보인다. 남들은 전망이 좋은 고층을 선호한다지만 나는 흙 기운이 느껴지는 저층이 더 좋다. 식탁 의자에 앉아 창밖으로 주목으로 날아드는 까치며 나비, 잠자리를 지켜보는 재미가 쏠쏠하다. 설거지하다 고개를 돌리면 감나무가 시야에 들어온다. 감나무도 올여름 만만찮은 시간을 견뎌냈다. 태풍 '링링'의 거센 바람에 흔들리며 쓰러질 듯 버티면서도 절대로 놓지 않아서였을까. 열매들이 야무지고 탐스럽게 달려 있다. 아직은 시퍼런 땡감이지만 '발열과 인고의 시간'을 지나며 홍시로 익어가겠지. 시나브로 물들어 가는 홍시를 코앞에서 지켜보는 일은 얼마나 근사할까?

목성균 수필가는 가을 들판에 서서, 꼭 맘먹고 담은 밥사발처럼 소복해진 벼 이삭들을 바라보며 "결실은 끝났다. 얼마나 잘 여무느냐 하는 것은 절기가 알아서 할 일이지 더 이상 농부의 소관이 아니다."라고 했다.

나도 그렇다고 생각했었다. 젊은 시절 열심히 일하고 자식들 잘 키워 놓았으니, 이제부터는 나이 듦에 따라 저절로 지천명(知天命)이었다가 이순(耳順)을 지나 종심(從心)의 삶을 살게 될 거라고 고민 없이 믿었다. 어느 날, 등이 갈라지는 고통을 일곱 번쯤 겪어내고 비로소 날개를 얻은 귀뚜라미가 내 안을 조심스레 두드리며 "익었느냐?" 묻기 전까지는. 감이 익어가기 시작하면 나는 이제 그 안에서 이루어지는 내밀한 변환의 과정을 더듬게 될 것 같다.

내 인생의 계절은 이미 가을인데, 나의 열매는 고스란히 떫음을 간직한 채 아직 퍼렇다. 천명을 알 나이에 이제 겨우 세상일에 흔들리지 않는 법을 배우고 있으니 부끄러운 노릇이다. 한 가닥의 햇빛도, 한줄기의 바람도 허투루 흘려버릴 수는 없다. 조금 늦더라도 뜨거워지고 묵묵히 기다리는 과정을 제대로 살아내리라. 삶은 그저 완성되는 게 아니니까. 깊은 단맛을 향해 최선을 다해 익어보다가, 겨울 눈 속에 묻혀 까치밥이 된대도 어쩔 도리는 없겠지만 말이다.

문득 귀뚜라미 소리가 사라졌다. 그도 충생(蟲生)의 완성을 향해 계절 속 깊은 곳으로 떠나갔는가 보다. 아쉬울 것도, 조급해할 것도 없지만, 부디 이 계절이 마디게 지나가 주길 바랄 뿐이다.

(2019)

# 커피를 내리며

향이 구수하면서도 산뜻하다. 어쩌면 커피는 커피콩을 갈 때 진하게 올라오는 커피 향에 중독되는 것일지도 모르겠다.

아침 설거지를 마치고 나서 어제 배웠던 순서를 떠올리며 커피를 내린다. 끓인 물을 서버의 목까지 부었다가 드립 포트로 옮기고, 200ml 정도를 한 번 더 서버에 따랐다가 포트에 다시 붓는다. 서버를 데우고 물의 온도를 맞추는 과정이다. 다음은 뜸 들이기 단계다. 분쇄된 커피를 담은 드리퍼를 서버 위에 올리고, 골고루 젖을 정도로만 재빠르게 물을 준다. 커피 가루가 빵처럼 봉긋하게 부풀며 커피 향이 훅 올라온다.

다이어트를 계기로 인스턴트커피에서 원두커피로 갈아탄 지 몇 년 됐다. 올 초, 음성군평생학습관 프로그램에서 핸드 드립 커피 강좌를 발견했다. 대표적인 8가지 원두를 공부하고, 직접 커피를 내려서 각각의 맛을 비교하며 경험해 보는 수업이었다. 무엇보다 '8주간 카페를 방문하는 기분을 느낄 수 있다'라는 홍보 문구를 보고는 더 고민할 필요 없이 신청서를 써서 냈다.

처음 실습이 있던 날이었다. 강사님이 먼저 시범을 보인 다음, 열두 명의 수강생이 세 명씩 네 조로 나뉘어 실습을 이어갔다. 첫 번째 조 실습이 시작되었다. 청일점 남자 수강생이 긴장을 많이 했는지 자꾸 물줄기가 끊어져 방울방울 떨어졌다.

"아직 점 드립법을 가르쳐드린 적이 없는데 어떻게 아시고?"

긴장 풀라고 하신 강사님의 한마디에 한바탕 웃음꽃이 피었다.

다음은 우리 조 차례였다. 참관할 때는 잘할 것 같았는데, 막상 내 차례가 되고 보니 전혀 아니었다. 스무 개의 눈이 지켜보는 가운데 나는 심호흡부터 했다. 손이 부들부들 떨렸다. 물줄기가 굵어졌다가, 가늘어졌다가, 끊어졌다가 엉망이었지만 그래도 순서와 용량은 잘 맞추었다. 강사님이 원두가 가진 세 가지 맛이 잘 나왔다고 칭찬해 주셨다. 내 입맛에도 커피 맛이 괜찮아 기분이 좋았다.

그런데 다음 조의 커피를 맛본 순간 나는 깜짝 놀랐다. 신세계를 만난 느낌이랄까. 향은 물론 부드러운 신맛과 단맛, 쓴맛까지 정말 조화로웠다. 커피의 참맛이 이런 거구나 단번에 알 것 같았다. 드립 순서와 방법은 똑같았는데 어떻게 이렇게 다른 맛이 나지? 신기했다. 똑같은 원두로 이렇게 다른 맛을 낼 수 있다니, 정말 신선한 충격이었다.

커피는 원두 자체로 각기 다른 맛과 향을 지니지만, 드립 하는 방법에 따라서도 향미가 많이 달라진다. 원두가 가진 고유의 특성을 얼마나 조화롭게 뽑아내는지가 관건인 셈이다. 그래서 바리스타라는 직업도 있는 것이리라.

그러나 커피는 취향껏 즐기는 것이다. 한 가지 방법만이 정답이라 할 수는 없을 것 같다. 사람 수만큼 취향도 제각각이라 자신이 좋아하는 맛을 찾아 원하는 대로 마시면 그게 정답이 아닐까. 자기 자신에게는 스스로가 가장 유능한 바리스타다.

30초쯤 뜸 들이기가 끝나고 본격적으로 추출하기에 들어간다. 먼저 한가운데에 물을 따르며 물줄기를 가느다랗게 조절한다. 나선형으로 점차 바깥으로 나아가며 생겨난 거품의 가장자리를 따라 촘촘하게 물을 준다. 이때 물줄기가 드리퍼에 직접 닿지 않도록 주의해야 하는데, 자칫하면 물이 커피를 거치지 않고 곧바로 밑으로 빠져버리기 때문이다. 커피가 서버의 100ml 눈금까지 추출되면 얼른 드리퍼를 받침에 내려놓고, 80ml 물을 더 부어 희석한 뒤 커피잔에 담는다. 집에서 혼자 하면 이렇게 잘 되는데….

글쓰기도 바리스타와 비슷할 것 같다. 원두를 고르듯, 무수하게 많은 세상살이 중에서 좋은 맛과 향을 품고 있는 사연을 찾아야 한다. 생두에 열을 가해 원두로 변화시키는 로스팅처럼 찾아낸 글감을 머릿속에서 오래 고민하여 자기만의 철학으로 녹여내는 과정도 비슷하다. 이 과정을 거치면서 원두가 특유의 맛과 향을 갖게 되듯, 글감 또한 주제를 품게 되는 것이다. 그런 다음 작가는 바리스타가 되어 자기만의 방식으로 조화롭게 글을 써내면 된다. 글쓰기에도 정답은 없다고 생각한다.

(2023)

# 인생 이면지

요즘 나는 하고 싶은 일이 참 많다. 어떤 사람들은 자식들이 다 커서 품을 떠나고 나면 빈둥지증후군으로 우울증이 온다는데, 나는 오히려 마음이 홀가분하다. 이제야 진짜 내 인생을 사는 것 같은 기분이 든다. 하루하루가 새롭고 물 만난 고기처럼 마냥 신난다. 시간이 흘러가는 게 아쉬울 정도다. 가보고 싶었던 곳을 찾아다니고, 배우고 싶은 것을 배워가면서 평소에 하고 싶었던 일들을 하나씩 해보는 중이다.

그중 한 가지가 책을 읽고 나서 알게 된 지식을 작게라도 몸소 실천해 보는 것이다. 얼마 전 독서 모임에서 『옷장에서 나온 인문학』을 읽은 후 작은 장터를 열었다. 회원들끼리 서로 쓰지 않는 물건을 가져와 필요한 사람과 나누기로 한 것이다. 책을 함께 읽으면서, 한정된 자원을 아끼며 이미 만들어진 물건은 잘 활용하는 것이 필요하다는 걸 느꼈기 때문이다. 나는 쌓아두고만 있던 반찬 용기와 스테인리스 볼 세트 같은 새 그릇들을 내놓고, 요즘 운동 나갈 때 요긴하게 입고 있는 얇은 조끼를 가져왔다.

언젠가 작은딸 집에 갔을 때 메모할 종이를 찾다가 이면지 얘기가 나왔다. 그때 몰랐던 사실을 하나 알게 되었다. 작은딸이 중학생 때 어느 날 종례 시간이었다. 담임 선생님이 "우리 반에 재활용을 아주 잘 실천하는 학생이 있어요."라며 딸의 이름을 불렀단다. 이면지에 과제를 작성해서 제출했기 때문이었다. 그때까지만 해도 딸은 그게 이면지인 줄 몰랐다. 늘 써왔던 종이여서 공책의 줄처럼 그냥 무늬가 있는 종이라고만 생각했지 '이면지'라는 생각은 전혀 못 했던 것이다. 그 얘기를 듣고 내가 그동안 너무 절약하며 아이들을 키웠나 싶어 조금 미안했다.

지금은 물건이 흔해서 그런지 사람들이 모든 물건을 쉽게 사고 쉽게 버리는 것 같다. 뭐든지 아끼며 살던 시절이 진짜 있었는지 의심이 들 때가 많다. 나는 어릴 적 식구 많은 집에서 자라며 근검절약이 몸에 배 있다. 그래서 그런지 삼 남매를 키우면서도 항상 검소한 생활을 가르쳤다. 무조건 아끼고, 나눠 쓰고, 물려 쓰도록 했다. 쓸 수 있는데 그냥 버리는 법은 없었다. 이면지를 활용하는 것도 물론 당연한 일이었다. 한번 컴퓨터 사무용 기기 가게를 하는 지인에게서 이면지를 왕창 받아 와서는 아이들이 커가는 내내 정말 잘 썼다. 딸이 얘기한 바로 그 이면지다. 프린터 성능을 시험했던 A4 복사 용지였는데 한 면이 전부 영어 알파벳 'E' 자로 채워져 있었다. 아마 뒤져보면 지금도 몇 장쯤은 남아 있을지도 모른다.

그 시절에 나는 그 이면지가 어쩐지 지나온 내 인생 같다고 생각했었다. 빼곡하게 찍혀 있던 'E' 자가 마치 기계처럼 달려온 내 발자국 같아 애처로워 보였다. 착한 며느리로서, 헌신적인 아내로서, 또 훌륭한 엄마로서 성능 검사라도 받듯 정신없이 달려온 흔적 같았다. 인생 이면에 뭐가 더 있는지 한눈팔 겨를조차 없이, 앞에 놓인 역할에만 몰두해 온 반쪽짜리 삶 같기도 했다.

물 만난 물고기로 제2의 인생을 시작한 지금, 마음만 먹으면 얼마든지 새 종이에 새로운 삶을 써갈 수도 있을 것이다. 하지만 나는 지금껏 살아온 내 삶의 이면지를 버리고 싶지 않다. 그렇게 부지런히 달려왔기에 지금이 있다는 걸 나는 안다. 그렇게 내 흔적이 고스란히 찍힌 지금의 인생 이면지를 마련한 것이다. 내 앞에는 삶의 이면지가 충분히 쌓여 있다. 이면지니까 자신 없는 문제도 용기 내어 부담 없이 써나갈 수 있지 않을까. 나는 이제 역할 속에 갇힌 내가 아니라 '본연의 나'에 집중하면서 그 여백을 남김없이 잘 활용해 볼 참이다.

(2022)

# 철새처럼

천변에 새들이 많아졌다. 바람이 불면 누런 갈댓잎에서 바스락 마른 소리만 들려오던 황량한 곳이 이들의 출현으로 제법 생기 차다.

잠시 걸음을 멈추고 들여다보니 하는 양이 재미있다. 좁은 물골에서 서너 마리의 오리가 물살을 따라 줄줄이 헤엄친다. 꼭 소풍 가는 유치원생들 같아 귀엽기만 하다. 갑자기 무슨 이유인지 한 놈이 날아오른다. 덩달아 다른 녀석들도 푸드덕푸드덕 날아오르더니 일사불란하게 하늘을 한 바퀴 선회하고 내려앉는다. 아직은 초록빛이 성성한 풀섶에 주둥이를 들이밀고 먹이를 찾아 까딱거리거나, 물 위에 가만히 떠서 쉬는 녀석들도 있다. 대부분은 물가 둔덕에서 선명한 오렌지색 두 다리를 드러내고 햇볕을 쬐며 따로인 듯 함께인 듯 모여 있다.

지난달에 꿈꾸듯 다녀온 순천만 습지가 떠올랐다. 함께 글공부하는 문우와 벼르고 별러 떠난 둘만의 여행이었다. 순천만 습지는 자연과 인간이 공존하는 보기 드문 연안 습지로 철새가 많이 찾기로도

유명하다. 그곳에서 월동하거나 번식하는 새의 종류가 140여 종이
나 되고, 황새, 저어새, 검은머리물떼새 등 국제적인 희귀조류도 많
다고 한다. 이 아름다운 생명의 땅을 잘 보존해서 후손에게 고스란히
물려줘야 할 텐데….

　일몰을 보기 위해 갈대 사이로 부서지는 빛 가루들을 헤치며 전망
대를 향해 갈 때였다. 드넓게 펼쳐진 갈대밭 위로 대형을 유지하며
날고 있는 한 무리의 철새들을 보았다. 바람에 밀려 일렁이는 갈대와
일사불란하게 하늘을 날아가는 새 떼를 보면서, 우리가 가을의 한복
판을 걷고 있다는 것을 실감했다.

　용산전망대에 도착할 즈음에 서서히 해가 저물고 있었다. 순천만
의 S자 곡선 물길 위로 번지는 노을빛을 아무 말 없이 내려다보았다.
마치 우리가 그 풍경의 일부라도 되는 양 한참을 그 속에 그렇게 앉
아 있었다.

　철새들은 어떻게 그렇게 먼 길을 해마다 다시 찾아오는 걸까? 확
실하게 밝혀진 것은 없지만 어쨌든 철새들은 이 신비로운 여행을 계
속해 왔다. 해마다 높은 산과 먼바다를 건너왔다가 또 그렇게 머나먼
길을 돌아가는 것이다. 누군가는 엄마 새를 따라갔던 경험을 기억해
길을 찾는 것이라고 하고 지구의 자기력을 따라서 찾아간다고 하는
설도 있다. 태양의 위치를 길라잡이 삼아 이동한다는 의견도 있고,
또 별자리를 좌표로 길을 찾는다는 말도 있다.

　무엇도 검증된 바 없지만 어쨌든 철새들은 이 고된 여행길에 대해

미리부터 걱정하진 않는 것 같다. 그저 이 터전에서 사는 동안 부지런히 먹이를 찾아 먹고 열심히 사랑하며 최선을 다해 살아갈 뿐. 그러다 때가 되면 또 미련 없이 날개를 펼치는 것이다.

호주의 한 부족은 아기가 태어나면 "우리는 너를 사랑한다. 새로 시작된 너의 여행을 우리가 도와주마."라는 환영 인사를 한단다. 그리고 생애를 마감하는 사람에게도 같은 말을 해준다고 한다. 그들은 영원을 사는 영혼의 관점에서 탄생이나 죽음 모두를 새로운 여행의 출발이라고 생각하는 것이다. 이생이 끝나면 어디로 가는지 그들은 아는 걸까? 그래서 죽음의 출발선에서도 아무 두려움이 없는 것일까?

나는 요즘 잘 사는 일 못지않게 잘 죽는 일에도 생각이 많다. 그래서 그런지 인디언의 죽음을 대하는 태도를 무척 인상 깊게 느꼈다. 인생을 마감할 시간과 이후 목적지가 어딘지를 알 수 있다면 나 역시 설레며 그날을 맞이할 수 있으려나? 철새의 여행처럼 그들의 생각 역시 확인된 바는 없다. 나는 다만 열심히 살다가, 때가 되면 여행인 듯 가볍게 떠날 수 있기를 바란다. 미리 걱정하지 않는 철새들처럼.

(2021)

# 삼킴 연습

아버지가 뇌경색으로 쓰러지셨다. 바로 119에 연락해서 병원에 도착하자마자 막힌 혈전을 응급으로 제거했다. 덕분에 심각한 신경 손상을 막을 수 있었다. 하지만 가슴 사진에서 결핵이 의심되는 소견이 추가로 발견되어 음압실에 격리되셨다. 검사 결과 결핵은 아니었지만, 기다리는 동안 가장 중요한 초기재활 치료 시기를 놓치고 말았다. 게다가 급성폐렴의 위험성이 생기는 바람에 콧줄을 끼워 유동식 식사를 하시게 되었다. 그렇게 아버지의 병원 생활은 길어졌다.

지난번 뵈러 갔던 날, 병상을 등지고 급하게 점심을 먹고 있는 엄마를 보았다.

"나 군고구마 요만큼만 갖다줘 봐."

그즈음 아버지는 어느 날은 '말랑말랑한 빵 한 조각', 또 어떤 날은 '쪼그맣게 잘라서 사과 한 조각만' 하며 어린애처럼 보채곤 하셨다. 그런 아버지한테 미안해서 항상 해치우듯 끼니를 해결하는 엄마였다. 두 분 다 안쓰러워 마음이 짠했다. 뼈만 남아 부서질 것 같은 아버지의 다리를 주물러드리다가 순간 울컥했다. 눈물이 날 것 같아 얼른 아버지 등 뒤로 돌아섰다. 너무나 앙상해진 아버지의 등을 쓸어드리며 한동안 가슴이 먹먹했다. 내가 아팠을 때, 열두 살 어린 딸을 둘러업었던 넓은 등은 어디로 간 걸까.

입원한 지 달포 만에 본격적인 재활 치료가 시작되었다. 운동 치료와 함께 굳어버린 목 근육에 전기 자극을 주고, 여러 가지 조작을 따라 하게 하여 혀 근육을 풀어주는 연하 치료를 병행했다. 치료를 받고 나면 기진맥진 힘들어하셔도, 다행히 조금씩 효과가 나타나고 있다. 요즘은 조금만 거들어드리면 보행기를 잡고 혼자 화장실에 가신다고 한다. 무엇보다도 발음이 좋아져 필담(筆談) 없이 의사소통할 수 있게 되자, 기력도 회복되신 듯했다. 병문안 오는 지인들과 웃는 얼굴로 이야기를 나누고는 하신단다. 이제 어느 정도는 마음을 놓아도 될 것 같다.

아버지를 곁에서 지켜보면서 '삼킴'에 대해 생각하게 되었다. 지금껏 나는 음식을 씹어 삼키면 저절로 위로 내려가는 것인 줄 알았다. 그런데 인두(咽頭)와 식도(食道)의 근육이 수축과 이완을 하며 밀어주어야 음식물이 위장까지 도달할 수 있다는 사실을 처음으로 알게 되었다. 그러는 동안 후두(喉頭)의 근육은 내용물이 기도로 들어가지 않도록 막아주는 역할을 한다. 그것들이 굳어져 제 기능을 못 하게 되면 '삼킴장애'가 오는 것이다. 아버지처럼. 정상적으로 삼킬 수 있다는 것이 얼마나 중요하고 또 감사한 일인지 절감하고 있는 요즘이다.

생각해 보면 나의 의식에도 삼킴장애가 있는 것 같다. 복잡하거나 고민이 필요한 문제들을 삼켜서 소화 시킬 생각을 안 하는 것이다. 깊은 사유와 삶에 대한 진지한 고민이 영혼을 살찌게 하는 줄 알면서도, 스스로 합리화하는 여러 가지 그럴듯한 이유를 들어 애써 외면하고 있었다. 대신 순간의 쾌락을 위해 자칫 기도로 들어가 영혼의 숨길을 막을 수도 있는 감각적인 흥밋거리들을 여과 없이 흡수한다. 이대로 의식의 삼킴 근육들이 제 기능을 영영 잃어버리기 전에 정신 차려야 할 것 같다. 이제부터는 내 안과 밖으로부터 오는 숙제를 피하지 말고 들여다봐야겠다.

병원을 드나드는 사이 해가 바뀌는 줄도 몰랐다. 새해를 맞이할 때면 습관처럼 신년 계획을 노트에 적고는 하는데, 이제야 비로소 노트를 펼쳐 올해의 목표를 적어본다. 쓴소리들을 생각 속 깊은 곳까지 확실하게 밀어 넣는 연습, 귀에 솔깃한 정보들을 걸러서 삼키는 연습, 곧 마음 근육의 재활 치료를 시작해야겠다. 아버지를 생각하며 올해 나의 목표는 '삼킴연습'이다.

이미 안락함에 익숙해져서 어려운 숙제일 테지만 끝까지 노력할 것이다. 이 시간에도 열심히 '삼킴연습'을 하고 있을 아버지에 대한 내 간절한 응원이기도 하다.

(2019)

# 문신

TV 예능프로그램에서 고민 자랑이 한창이다. 혼자만의 깊은 고민을 공개하여 여러 사람의 도움을 받아 해결해 보자는 취지의 상담 프로그램이다. 노래자랑처럼 가장 많은 공감을 얻는 상담자에게 상금도 걸려 있다. 유명 연예인들의 재치 있는 진행으로 다소 심각할 수 있는 고민도 웃으면서 가볍게 풀어가는 과정이 제법 훈훈하다. 출연자들은 소통의 부재로 생겨난 마음의 벽을 허물고 서로를 이해하기 시작한다. 같은 고민이 있는 사람들도 TV를 시청하면서 긍정적 도움을 받을 수 있을 듯하다.

처음엔 절박한 사연으로 호기심을 자극해 시청률만 챙기려는 저급한 프로그램인 줄 알고 채널을 돌리곤 했다. 그런데 우연히 한번 보게 된 후로는, 다 같이 머리를 맞대고 해결의 실마리를 찾으려는 진지함에 반해 애청자가 되었다.

한 번은 문신 중독에 걸린 남자 친구가 고민이라는 여자 출연자가 나왔다. 등과 가슴은 물론 목과 손가락까지 문신으로 덮인 그녀의 남자 친구가 말했다. 다른 사람에게 피해를 주는 일도 아니고, 내가 좋다는데 왜 문제가 되는지 모르겠다, 자기는 온몸에 문신하는 것이 꿈이라고 했다.

내가 어렸을 적의 일이다. 개구쟁이 동생이 허구한 날 다치고 들어오면 어른들이 "피부의 칠십 퍼센트가 흉터로 덮이면 죽는 거야."라고 꾸중하셨다. 과학적 근거가 있는 것인지는 모르겠지만, 어린 마음에 동생이 잘못될까 봐 걱정했던 기억이 난다. 문신도 일종의 상처인데, 온몸이 문신으로 덮여도 괜찮은 것일까? 남자 친구를 계속 만나야 할지 고민이라는 출연자에게 충분히 공감했다.

나도 예전에 하고 싶은 문신이 하나 있었다. 눈썹 문신이다. 화장을 지운 맨 얼굴인 나에게 남편은 늘 모나리자라고 놀리곤 했다. 그 소리가 듣기 싫어서 눈썹 문신을 하면 어떨지 생각하고 있었다. 화장할 때마다 눈썹 그리는 일이 가장 신경 쓰였다. 안면이 살짝 비대칭이어서 그럴까, 단번에 잘 그려지는 때가 드물었다. 몇 번을 그렸다가 지우고 다시 그리기를 반복하며 공을 들여도 짝짝이가 되기에 십상이었다. 어쩌다 예쁘게 잘 그려진 날이면 왠지 모르게 당당해져서는 온종일 자신감이 넘쳤다.

이태 전, '내 눈썹처럼 자연스럽게!'라는 솔깃한 광고에 이끌려 드디어 C시에 있는 뷰티숍을 찾아갔다. 아들도 데리고 갔다. 혼자 가는 게 무서워 내 유전자를 물려받은 아들의 고민을 해결해 준다는 핑계를 댔다. 아들은 눈썹이 짙은 아빠와 나를 반반 닮아 앞쪽만 진한 반토막 숯검댕이 눈썹이다. 우리는 고통을 참으며 함께 시술을 받았고, 둘 다 결과에 만족했다. 삶의 질이 한 단계 높아졌다고나 할까, 이렇게 편하고 좋은 걸 왜 더 빨리 못했을까 후회될 정도였다. 언제든 제 역할을 확실하게 해주는 눈썹 하나로 화장하는 시간이 반으로 줄었다. 잠깐씩 나갈 때는 맨얼굴에 선크림만 발라도 충분했다.

인생을 살아가는 데도 마음속 문신이 있는 것 같다. 예를 들면 매사 망설여질 때, 의기소침해질 때, 자신을 외면하고 싶을 때, 갈피를 몰라 헤맬 때, 낮아진 자존감에서 나를 단단하게 일으켜 세워주는 따뜻한 어떤 기억 같은. 나는 가족에게 인정받고 사랑받았던 경험이 언제나 큰 힘이 되어준다. 떠올리기만 하면 다시 당당해지는 마법 같은 마음 문신 하나쯤 간직하고 살 일이다.

(2019)

# 사람의 관계론

　지난달 독서 모임에서 읽은 책은 신영복의 『담론』이었다. 저자가 감옥에서 출소 후 대학에서 마지막 강의한 녹취록을 바탕으로 펴낸 책이다. 400쪽이 훌쩍 넘는 분량에 빼곡한 글자를 보고 읽기가 쉽지는 않겠다고 생각했다. 하지만 작가가 서두에 쓴 " '책'이 강의실을 떠나 저 혼자서 무슨 말을 하고 다닐지 걱정이 없지 않다."라는 한 문장이 호기심을 끌었다.

　꼭지 꼭지마다 동서양 고전과 철학, 경제, 과학, 예술 등에 걸친 저자의 방대한 지식과 웅숭깊은 사유가 글자만큼이나 촘촘하게 들어차 있었다. 어렵기도 했고, 책이 내게 해주는 그 모든 말들을 제대로 이해하고 받아들였다고 자신할 순 없지만 끝까지 재미있게 읽었던 것 같다. 특히 점서(占書)로 많이 알려진 『주역』 부분은 단숨에 읽어 낼 만큼 흥미로웠다.

　저자의 또 다른 책 『감옥으로부터의 사색』은 작년에 읽었다. 감옥 생활 중 가족들에게 보낸 편지글이다. 그때는 글씨며 내용이 한 치흐트러짐 없이 너무 깔끔하게 쓰여 있어서 감탄스러우면서도 한편 의아해했는데, 이 책을 읽고 그 의문점이 풀렸다. 감옥에서는 시간이 많아서 머릿속에서 내용을 외울 정도로 퇴고를 거듭한 뒤 편지를 썼다는 것이다. 물론 시간이 많다고 해서 누구나 다 편지를 그렇게 쓰는 것은 아니겠지만.

열아홉 꼭지 「글씨와 사람」이 많은 생각을 하게 했다. 『감옥으로부터의 사색』의 「서도의 관계론」을 교재로 강의한 부분이다. 겸손이 몸에 밴 작가가 '우선 내가 붓글씨를 잘 쓴다는 사실을 여러분이 인정해야 합니다'라고 대놓고 자기 자랑한 대목에서 실소가 나왔다. 하지만 책에 실린 저자의 서도 작품들을 보고서 그 말이 결코 허세가 아니라는 점을 인정할 수밖에 없었다.

작가는 글씨를 쓸 때 글자 간의 관계가 무척 중요하다고 말한다. 작품 글씨는 쓰다가 지우고 다시 쓸 수가 없다. 그래서 실수하면 다음 획이나 글자로 그 실수를 만회해 가면서 쓰게 된다고 한다. 한 행(行)은 다음 행으로, 한 연(聯)은 그 옆의 연으로 보완하며 균형을 잡아 나가며 조화롭게 마무리하는데 이것이 「서도의 관계론」이라는 것이다. 그러려면 내 생각에는 우선 글씨를 쓰는 사람의 머릿속에서 전체적인 조화와 각각의 관계들이 먼저 정리되어 있어야만 할 것 같다. 그 과정에서 자연스럽게 작가의 철학이 작품에 녹아 들어가는 것이 아닐까.

올해 초, 4년째 이어오는 독서 모임 '2024 함께 성장 읽기'를 시작할 때쯤이다. 새해 인사 겸 작년에 잠깐 배운 캘리그래피로 그림을 그려 단톡방에 올린 적이 있다. '함께 성장읽기'의 여섯 글자와 아랫줄에 '화이팅' 세 글자를 꽃다발의 꽃송이처럼 벌려서 쓰고, 줄기를 하나로 모이게 그은 다음 그 밑에 화분을 그려 넣었다. 여러 번의 연습을 통해 안정적이고 조화롭도록 글자의 크기나 간격, 위치 등을 조정했다. 전문가의 눈에는 어설퍼 보일지 몰라도 내 눈에는 볼수록 그럴싸했다. 독서 모임이라는 한 화분 속에서 물과 영양분을 섭취하며 함께 성장하자는 의미를 담아 본 것이다. 이런 내 마음이 전달되었는지 회원들이 공감의 댓글을 올려주었다.

글 쓰는 사람으로서 '글씨와 사람' 대신 '글과 사람'으로 써도 훌륭하게 어울릴 것 같다. 앞뒤 문장이 서로를 뒷받침하고, 단락 간의 개연성도 중요하다. 문장의 장단이나 강약 조절로 전체적인 리듬과 분위기를 살리고, 때로는 행간에 어떤 의도를 숨겨놓을 수도 있다. 각 소재의 적절한 배치로 자연스럽게 주제가 드러나도록 도와주기도 한다. 그렇게 생각해 본다면 '글의 관계론'을 말할 수도 있지 않을까. 그림도 음악도 마찬가지일 테고.

그렇다면 '사람'도 적용할 수 있지 않을까? '사람과 사람', 나는 이 것이야말로 삶에 있어 궁극적인 관계론이라 말하고 싶다. 사람은 혼자 살아갈 수 없고, 사람 간의 관계에서 실수 없이 완벽한 사람도 없으니까. 실수했다면, 그 경험을 바탕으로 다음번에 만회하면 된다. 맞닿은 인연끼리 서로 어우러져 조화로운 관계를 만들어 나가면 되는 것이다. 적절한 여백을 위해 자리를 내주거나, 혹은 전체적인 균형을 위해 묵직하게 더 채워야 할 때도 있을 것이다.

반백 나이 언제인가부터 어긋난 인연들을 마음에서 정리하기 시작했다. 나를 계속 힘들게 할 사람이라면 쓸데없이 시간과 에너지를 낭비할 필요가 없다고 생각했기 때문이다. 그런데 지금 문득 이런 생각이 든다. 어쩌면 한번 연결된 사람은 악연일지라도 내 인생에 필요한 인연일지 모른다는. 획을 그었다는 건 어쨌든 그 작품에 그 획이 필요했다는 뜻일 테니까 말이다. 치켜올려 써진 인연의 획이 있다면 지우려 애쓰기보다는 어떻게 만회할까를 고민하는 게 맞을 듯싶다. 우리의 인생 작품을 좀 더 아름답게 완성하기 위해 관계를 중시하며 끊임없이 살피는 일, 그게 바로 '사람의 관계론'이 아닐까.

어떤 책은 읽고 나서 생각이 훌쩍 깊어졌다는 느낌이 들 때가 있다. 이번 책이 그렇다. 이참에 내가 미처 살피지 못한 관계는 없는지 되짚어봐야겠다.

(2024)

# 매직아워

배우의 술 취한 연기가 자연스럽다. 각각 다른 배역을 매번 훌륭히 소화해 내는 배우들을 보면 참 대단하다. 실감 나는 연기를 위해서 배역을 맡게 되면 매 작품 직접 현장을 찾아 체험한다는 한 유명 배우의 인터뷰 기사를 읽은 적이 있다.

다양한 직업을 짧게나마 경험할 수 있는 배우는 나에게는 부러운 직업이다. 누구나 한 번뿐인 인생을 살면서 여러 가지 삶을 살아본다는 게 꽤 매력적으로 느껴지기 때문이다.

드라마 속 술 취한 회장님은 사실 중간에 배역이 바뀌었다. 원래 배우가 도중에 갑작스럽게 심장마비로 유명을 달리했기 때문이다. 얼마 간은 고인의 촬영분으로 드라마가 방영된 적이 있었다. 그때는 눈앞에서 열연하는 배우가 이미 세상에 없다는 생각에 기분이 묘했다. 왠지 해가 진 뒤 번지는 노을을 보는 듯한 기분이랄까. 마지막까지 열심히 자기 몫의 삶을 살아내는 일, 내가 바라는 참 아름다운 삶이다.

오래전에 잠깐 도서관에서 사진 기초반에 다닌 적이 있다. 한번은 단체로 새벽 출사를 나갔는데 아쉽게도 동참하지 못했다. 아이들이 어려서 시간을 낼 수 있는 형편이 아니었다. 하지만 너무 가고 싶었다. 햇병아리 시절이라 대단한 일출 사진을 찍고 싶었다기보다는 남편과 세 아이 치다꺼리에서 잠시 벗어나고 싶었던 것 같다.

물론, 캄캄한 어둠 속에서 숨죽이며 해 뜨길 기다리는 일도 한 번쯤 해보고 싶었겠지. 그러다 운 좋게 일출 사진도 찍을 수 있으면 더 좋고. 강태공처럼 무념무상으로 세월을 낚아보고 싶었을까. 아무것도 하지 않고, 아무 생각도 없이 집과 가족으로부터 떠나 있는 잠깐의 시간이 절실했었는지도 모른다.

자유롭게 떠나는 회원들이 참 부러웠다. 대부분은 남자들이었고, 여자들은 결혼하지 않았거나 자식들이 어느 정도 커서 시간상으로 여유가 있는 지긋한 나이였다. 나도 아이들 다 키운 다음 언젠가 한 번 꼭 새벽 출사를 나가리라 속 다짐했던 생각이 난다. 어린 왕자가 사는 행성에 가면 의자를 당겨 몇 번이고 일출 사진을 찍을 수 있었을 텐데…. 일이 손에 잡히지 않아 온종일 공상만 하며 보냈던 것 같다. 사진에 대한 꿈과의 거리는 그날 이후 점점 더 멀어졌고, 문득 돌아보니 숲으로 덮여 더는 보이지 않게 되었다. 프로스트의 '가지 않은 길'처럼.

사진작가들이 셔터를 누르는 최적의 시간이 있다. 해가 뜨고 질 때 아주 잠깐 피사체를 가장 아름답게 표현할 수 있는 순간이 있는데, 그때를 매직아워라고 부른다. 빛과 어둠의 양이 똑같아지는 순간, 즉 빛과 어둠이 완벽하게 공존하는 그 순간에는 그림자가 생기지 않는다고 한다. 그래서 그 마법의 시간에는 오로지 본래의 아름다움만 드러나게 된다는 것이다.

우리의 인생에서는 이런 매직아워가 태어날 때와 죽을 때, 두 번 찾아오는 것이 아닐까. 떠나갈 세상과 맞이할 세상이 정확하게 이어지는 그때, 이 세상은 아니고 그렇다고 저세상도 아닌 무(無)의 세계, 두 세상이 맞닿아 이어지는 찰나에 내 두 번째 매직아워를 만나게 될 것이다. 언제쯤이 될까? 요즘 난 생애 최고의 황홀한 출사를 꿈꾼다. 아무런 자아(ego)의 그림자가 드리워지지 않은 그 경이로운 시간, 단지 존재 자체인 나로 드러나는 순간을. 나는 과연 알아챌 수 있을까?

다만, 하루해가 저물 때 서쪽 하늘을 물들이는 노을빛은 분명하게 볼 수 있지 않을까. 나는 지금 내게 맡겨진 유일한 배역을 혼신의 연기로 살아낼 뿐이다. 어찌 생각하면 자기 몫의 삶에 열중하는 매 순간이 매직아워일지 모른다.

(2024)

# 겨울 단상(斷想)

## 첫 발자국

　서울 사는 큰딸이 동영상 하나를 보내왔다. 한산해진 도로 위로 큼지막한 눈송이가 쏟아지듯 내리는 영상이다. 하도 푸지게 눈이 내려 제 아파트에서 내려다보이는 거리를 찍었던 모양이다. 바로 전화를 걸어 한참 수다를 떨었다. 어릴 적에 할머니 댁에서 비료 포대에 짚을 잔뜩 넣어 눈썰매를 타던 기억, 그리고 석정이에게 아무도 밟지 않은 눈밭에 첫 발자국을 남기게 해주던 그 순간도 떠올렸다.

　외딴 주택의 2층을 얻어 신혼 생활을 시작했었다. 밤새 눈이 내린 다음 날 아침이면 복숭아밭도 논도 구분 없이 창밖이 온통 하얀 눈 세상으로 보이던 아담한 집이었다. 눈이 오면 나는 두 딸을 털모자와 장갑, 목도리로 완전무장 시켜 눈밭으로 데리고 나갔다. 아무 흔적 없는 새하얀 눈밭에 한 명씩 들어서 발자국을 찍게 했다. 그런 다음 뒤꿈치를 고정한 채 동그랗게 발자국을 찍어 꽃 모양을 만드는 방법을 가르쳐 주며 놀았다.

몇 년 뒤 아파트로 이사를 하고 막내 석정이가 태어났다. 두 딸은 나이 터울이 있어서 그런지 석정이를 무척 예뻐했다. 조금 커서는 자기들이 엄마인 양 동생을 돌보곤 했는데, 눈이 오면 데리고 나가 내가 자기들에게 했던 대로 발자국을 찍게 했다. 꽃도 만들어주면서 강아지처럼 눈밭을 뒹굴다 왔다. 빨래야 나중 일이고 그때는 삼 남매의 빨개진 볼을 보며 그저 흐뭇하기만 했다.

아이들이 자란 만큼 부모는 늙는다. 훌쩍 커버린 아이들을 보면 자꾸 후회스러운 일이 생각난다. 큰딸이 작년에 결혼했고 작은딸도 날을 잡았다. 할 수 있는 선에서는 늘 최선을 다한다고 했지만, 딸들에게 해준 게 그리 많지 않은 것 같아 후회스럽다. 하지만 각자 가정을 꾸리며 살아가면서 춥고 고된 시간이 찾아왔을 때, 기억하며 극복할 행복한 기억들은 만들어준 듯하다. 힘든 시절을 지나가게 될 때면 깨끗한 눈밭 위에 첫 발자국 찍던 기억을 떠올려 주길, 그래서 용기 내어 다음 발자국, 그다음 발자국을 걸어가 주길….


## 행복한 고구마


내가 좋아하는 수필 중 목성균 수필가의 '행복한 고구마'가 있다. 작가가 산림 공무원으로 신접살림했던 시절의 이야기다. 겨울이면 춥고 눈이 많이 내리는 곳에서 신혼을 보냈던 작가는 야근과 상사의 화투판에 잡혀 밤늦게 귀가하는 일이 잦았다. 늦은 밤 귀갓길에 버스 정거장 모퉁이에서 군고구마를 한 봉지씩 사곤 했는데, 품에 넣고 가서 졸며 기다리던 색시에게 안겨 주면 무척 좋아했다고 한다. 하지만 거기에는 또 다른 이유가 있었다. 지나는 사람도 없는 늦은 시간까지 군고구마를 팔고 있는 아주머니를 돕겠다는 마음에서였다. 아주머니는 다리가 불편한 분이셨다.

그러던 어느 날에 아주머니 대신 아들인 듯한 소년이 군고구마를 건네주었다. 일찍 좀 다니시라고 퉁명스럽게 한마디 하면서 말이다. 일찍 다니든 늦게 다니든 무슨 참견이냐, 하자 소년이 말했다.

"아저씨 때문에 우리 어머니가 감기 걸렸으니까 그렇죠."

어머니가 영림서 아저씨 퇴근이 늦어서 늦게 들어온다고 하셨다는 것이다. 그동안 아주머니는 새신랑의 작은 행복을 지켜주기 위해 그 늦은 시간까지 추위에 떨며 기다려 준 것이었다. 겨울은 세상이 추워지면 추워질수록 마음이 따뜻해지는 계절인 것 같다.

남편이 집에 돌아올 때 종종 붕어빵을 사 온다. 중학교 근처 포장마차에서 구워 파는 '황금 잉어빵'이다. 공교롭게도 그 집 아저씨도 다리가 살짝 불편하시다. 나는 붕어빵을 받아 들 때면 가끔 강원도 산골의 어느 겨울밤, 누군가를 행복하게 해주었던 아주머니의 고구마를 떠올리곤 한다. 아주 가끔은 붕어빵에서 군고구마 냄새가 나는 것 같기도 하다. 올겨울도 추워질수록 마음은 더 따뜻해지는 그런 겨울이 되길….

# 책임지는 일

친정 동네에 내가 4학년까지 다녔던 작은 분교가 있다. 지금은 폐교되어 이승복과 유관순만이 교정을 지키고 있지만, 옛날에는 아이들로 운동장이 복작복작했다. 학교 앞으로 흐르는 개울은 여름이면 헤엄치고 겨울이면 썰매 타며 노는 제2의 운동장이었다.

중학교 때였다. 봄방학쯤 날씨가 풀리며 가장자리 얼음이 조금 얇아졌다. 나는 양발 사이에 사촌 동생 영미를 앉히고 가운데 쪽에서 썰매를 타고 있었다. 그런데 민종이가 다가와 가장자리로 밀며 장난을 치는 것이었다. 민종이는 사택에 사는 선생님의 일곱 살 아들로 영미 친구였다. 말릴 새도 없이 우지직 얼음이 깨지며 순식간에 우리 셋은 한 구덩이에 빠졌다. 마침, 아래 빨래터에서 빨래하던 사모님이 우리를 발견하셨다. 그런데 사모님은 달려와 민종이만 급히 꺼내 안고 사택으로 들어가 버렸다.

귀한 아들이었으니, 우리까지 생각할 정신이 없으셨던 모양이다. 우리를 도와줄 사람이 없다고 생각하자 정신이 번쩍 들었다. 혼자 어떻게든 살아남아 영미도 구해야 했다. 여름을 떠올리며 집중해서 더듬거리다 보니 다행히 발이 바위 바닥에 닿았다. 서 보니 물은 목에서 가슴께에 차는 것 같았다. 옆을 보니 영미는 허우적거리며 연신 물속으로 들어갔다 나왔다 하고 있었다. 어떻게 어떻게 영미를 물에서 꺼내 집으로 데려다주었다.

"옷을 입고 있으면서 무슨 옷을 또 달라는 거야!"

돌아서 나오는데 작은엄마의 성난 목소리가 뒷덜미에 꽂혔다.

그해 겨울, 한 뼘쯤은 어른이 된 것 같았다. 처음으로 오직 나 혼자서 책임져야 하는 일의 중압감을 경험했다.


## 인간 상고대

겨울 산행의 묘미는 뭐니 뭐니해도 상고대를 만나는 일일 것이다. 하얗게 핀 상고대 그늘에 서면 마음이 온통 환하고 푸근해진다.

대학입학학력고사를 치렀던 때의 일이다. 새해 첫날에 친구와 함께 지리산 등반산악회를 따라갔었다. 이른 새벽에 출발해 정상에서 새해 첫 일출을 보는 일정이었지만, 출발하고 얼마 지나지 않아 눈발이 날리기 시작했다. 춥고 바람도 몹시 매서운 날씨였다. 더군다나 그때 우린 그런 산행이 처음이었다.

곧 무리에서 뒤처졌고, 인솔자 한 분이 남아 우리를 독려하며 천천히 올라가고 있을 때였다. 한차례 돌풍이 몰아치고 가자 일행의 발자국을 비롯해 모든 흔적이 순식간에 사라졌다. 인솔자조차 방향을 잡지 못하고 끝없이 펼쳐진 눈 덮인 산중에서 우리는 길을 잃었다. 일출을 보겠다는 생각은 진즉에 포기했고 돌아가는 길조차 찾을 수 없었다. 혹시 이렇게 헤매다 영영 눈 속에 파묻혀 죽는 건 아닐까 너무 두렵고 무서웠다. 우리가 할 수 있는 것은, 동물적 감각에 의지해 길을 찾는 인솔자를 놓치지 않기 위해 정신을 바짝 차리고 따라가는 것뿐이었다. 얼마나 지났을까. 우리는 드디어 나뭇가지에 묶인 길 표식을 찾았다. 그 잠깐의 시간이 마치 천년 같았다.

다시 등반을 시작하면서 눈이 그치고 바람도 잦아들었다. 그제야 상고대가 눈에 들어왔다. 신세계였다. 방금 지나온 두려움의 터널은 까맣게 잊고 감탄사를 연발하며 겨울 산의 아름다움을 만끽했다. 봄 꽃이 아무리 화려하다 해도 극도의 추위를 딛고 피어난 이 신비한 서리꽃을 당해낼 수는 없을 듯싶었다. 우리는 끝내 정상에 섰고 한 장의 사진으로 증거를 남겼다. 사진 속에는 눈썹이며 머리카락에 서리꽃이 하얗게 핀 소녀 둘이 노고단 표지석 앞에서 뿌듯한 표정으로 웃고 있다. 살면서 막막한 순간이면, 나는 가끔 그날의 인간 상고대를 꺼내 보곤 한다.

(2021)

# 곳간 정리

참으로 오달진 기분이다. 가난했던 시절, 엄마들은 쌀독에 쌀이 차면 안 먹어도 배가 부르다고 했다지. 나야말로 한 해 양식을 장만해 둔 농부처럼 뿌듯하니 세상 부러울 것이 없다. 알천 같은 알곡을 곡간 가득 쌓아놓고 몇 번이고 자꾸 확인하고 싶은 마음이라고나 할까.

몇 년 전부터 해가 바뀔 때면 의식처럼 해오는 일이 하나 있다. 안방 책꽂이를 정리하는 일이다. 독서 모임을 시작하면서 텔레비전을 아예 없애고 그 자리에 책꽂이를 갖다 놓았다. 그러고는 그 자리를 '내 영혼의 곳간'이라 부르며 1년 동안 읽을 책들을 미리 준비해 꽂아 둔다.

올해는 모임에서 역대 노벨문학상 수상작들을 읽기로 정했다. 그동안은 법정 스님의 『내가 사랑한 책들』에 소개된 50권의 책을 위주로 읽어왔는데, 이미 절판된 책들도 있어 50권을 다 읽지는 못했다. 작년부터는 우선 회원들 각자가 한두 권씩 추천한 뒤, 상의하에 다음

해에 읽을 책을 선정하고 있다. 그중 11권을 선정하고 다달이 읽을 순서를 정한다. 12월, 마지막 한 권을 여지로 남겨두는 것은 나름 우리만의 재미이다.

지난 12월에는 한강 작가의 소설 열풍에 편승해 『소년이 온다』를 읽었다. 그 무렵, 믿기 어렵게도 비상계엄령이 잠시 선포되었다. 책의 내용과 맞물려 우리는 적잖은 충격을 받았었다. 게다가 나는 아들과 여행에서 돌아온 뒤 독감에 걸려 일주일을 심하게 앓고 난 후이기도 했다. 그로 인해 몸도 마음도 온통 뒤숭숭한 상태였다. 그런 중에도 이렇게 영혼의 양식을 마련해 곳간을 채웠으니 스스로 잘했다고 칭찬해 주고 싶었다. 우리처럼 이런 때일수록 자신의 자리에서 묵묵히 할 일을 해내는 사람들이 더욱 소중하게 느껴졌다.

9년 만에 출산율이 증가했다는 반가운 소식도 들려오고 가까운 시일 안에 우리 집에도 첫 손주가 태어날 예정이다. 아직은 정치적 후폭풍이 다 가라앉은 건 아니지만, 그쯤에서 조심스럽게 희망이라는 단어를 떠올려 보았다.

책꽂이를 정리할 때 나는 읽은 책들을 빼서 서재 방 책장으로 옮기는 작업에 큰 의미를 둔다. 그 과정이 실질적으로 내 영혼이 자라는 시간이기 때문이다. 그동안 읽은 책들을 정리하며 독서 노트를 뒤적이다 보면, 막상 그 책을 읽었을 당시보다 더 깊은 울림을 받을 때가 많다. 짬짬이 적바림해 둔 글감들을 분류해 저장해 놓은 컴퓨터 폴더처럼 그 울림들은 내 기억과 가슴속에 쌓여 저장된다. 그것들은 앞으로 글을 쓸 때마다 적재적소에 꺼내 쓸 수 있는 든든한 자양분이 되어 줄 것이다.

반나절을 안방과 서재를 오가며 책 정리를 끝냈다. 어둠이 내려앉은 책꽂이 앞에서, 올 한 해 내 영혼의 양식이 되어 줄 책들의 제목을 소리 내서 읽어본다. 제목만 봐도 배가 부르다. 해마다 새로운 책들로 다시 채워지는 이 자리가 어쩐지 화수분 같다. 읽고 또 채워 넣는 내 영혼의 곳간 하나 갖고 있다는 것이, 이토록 은밀한 기쁨인 것을 다른 사람들은 알까.

이해인 시인의 시구가 떠오른다.

어둠 속에서도 훤히 얼굴이 빛나고
절망 속에서도 키가 크는 한마디의 말
얼마나 놀랍고도 황홀한 고백인가.
우리가 서로 사랑한다는 말은.

아무래도 나는 지금 책들과 사랑에 빠진 것 같다.

(2025)

# 편독 처방전

올 초부터 수필 교실 문우들과 '함께 성장 읽기 모임'을 시작했다. 매달 한 권씩『법정 스님의 내가 사랑한 책들』에 소개된 책을 함께 읽어가기로 했다. 책들 대부분이 법정 스님의 표현을 빌려 '읽다가 자꾸 덮이는 책'들이다. 이번 달 책은 E.F.슈마허의『작은 것이 아름답다』이다. 수필을 주로 읽던 내게는 해독(解讀)해 가며 읽는 일이 쉽지가 않다. 자꾸 반복해서 다시 읽고 있으니 딱한 노릇이 아닐 수 없다.

그래서 우선 하루 분량(20~30페이지)을 밑줄 쳐가며 읽고, 이해가 안 가면 한 번 더 읽었다. 밑줄 친 것 중에서 중요한 부분은 따로 공책에 옮겨 적었다. 그런 다음에 핵심 내용에 형광펜으로 표시하면서 맥락을 잡아가니 그제야 어렴풋이나마 내용이 머리에 들어오는 것 같았다. 그동안 너무 술술 읽히는 책들만 찾았던가 보다. 입맛당기는 음식만 먹다 보면 건강의 불균형이 오는 법이다. 앞으로는 쉽고 가벼운 책 외에도 정신건강에 필요한 양서를 꾸준히 챙겨 읽어야 할 것 같다.

　글쓰기 공부를 시작하고부터 나는 이 길이 과연 내가 끝까지 갈수 있는 길일지 고민해 왔다. 감동과 물음을 던져주는 훌륭한 수필을 읽어보면 내 글이 부족하다는 사실을 절실하게 느낀다. 통통 튀는 감각적인 언어로 단숨에 마음을 사로잡는 수필을 쓰는 작가의 타고난 능력이 부럽기만 하다. 그럴 때마다 의기소침해지곤 한다. 내 글은 깨달음을 주지도 못하고 참신하지도 못해 초라하기 때문이다. 어쩌면 서로 격려해 가며 함께 성장해 온 글동무들이 없었다면 진즉에 주저앉고 말았을지도 모르겠다.

　처음엔 빨리 수필을 잘 쓰고 싶은 마음에 평판 좋은 수필집 위주로 편독(偏讀)했다. 좋은 수필을 많이 읽는다고 좋은 수필을 쓰는 것이 아닌데 말이다. 하지만 글을 쓰면서 점점 내 삶에서 불순물이 빠져나가는 걸 느낄 수 있었다. 그러다 수필이 곧 삶이니까, 조금이라도 더 잘 사는 일에 초점을 맞출 필요가 있겠다는 생각이 점점 더 커졌다. 독서도 편독(偏讀)이 아닌 두루 읽는 편독(遍讀)으로 바꾸었다.

　내 책상 위에는 책 바구니가 하나 있다. 매일 읽는 책과 작가 수첩 등을 넣어두는데 어떤 한 보험왕의 얘길 듣고 마련한 바구니다. 그가 보험왕이 된 비결은, 매일 아침 출근을 하면 일과를 시작하기 전에 고객의 전화번호부를 펼쳐 하나도 빠짐없이 전화하는 것이었다. 통화를 다 하기 전에는 다른 일을 시작하지 않는다고 했다. 나도 매일매일 바구니의 담긴 것들을 하나씩 꺼내 분량만큼 읽거나 쓴 다음에

다 끝이 나면 한꺼번에 도로 넣는다. 그렇게 하면 따로 기록표를 만들지 않아도 매일 빼먹지 않을 수 있어 좋다.

내친김에 편독 처방전도 적어서 바구니에 붙여 본다.

## 편독 처방전과 용법 용량

- 시집 - 물약. 하루 1g. 입안에 느껴지는 풍미를 음미하며 천천히, 시적인 감각을 살리기 위해 호록호록 소리 내며 마실 것. 여운을 붙잡으려면 마지막 한 모금까지 꼭꼭 씹듯 마실 것. 시집을 읽는 것은 마음의 비타민, 짧지만 깊은 여운이 남는다.
- 원서로 된 동화책 - 젤리 형태의 알약. 하루 한 알. 노화 방지에 탁월하여 말랑말랑한 어린아이 마음결을 되찾아 줌.(주의 및 부작용: 달짝지근하다고 과다 복용하게 되면 현실의 복잡함을 피하려는 성향이 강해질 수 있음. 과다 복용 시 식사를 거를 위험 있음.)
- 수필집 - 씹어먹는 알약. 아침, 저녁으로 2~3알씩. 다량의 필수 영양소가 들어있으니 매일 거르지 말고 챙겨 먹을 것. 수필은 각기 다른 삶의 무게를 담고 있어 감정의 기복이 생길 수 있으므로 서서히, 충분히 흡수할 것. 수필은 삶의 한 조각을 진지하게 들여다보는 소중한 시간.
- 인문학 - 가루약. 하루 20~30mg 내외. 순수한 에너지원. 한 번에 먹기 어려우면 여러 번에 나눠 먹어도 무방. 물에 타서 녹여 먹을

것. 조금씩이라도 꾸준히 복용할 것.(주의 및 부작용: 급하게 삼킬 시 소화 흡수가 어려우며, 가끔 영혼에 너무 깊은 영향을 미쳐 약 기운을 떨치기 어려울 수 있음. 너무 많은 정보가 한꺼번에 들어가 면 과부하가 걸릴 수 있음.)

(2021)

# 2.

# 맨드라미 앞에서

# 북소리

지프 트럭을 타고 구불구불 가파른 비탈길을 덜컹거리며 올라간다. 20분쯤 지나자 갑자기 시야가 확 트이며 넓은 언덕이 나타난다. 온통 갈대밭이다. 소나무만 몇 그루 서 있을 뿐, 언덕에는 바람에 일렁이는 무성한 갈대만이 햇빛을 받아 윤슬처럼 반짝이고 있다. 갈대밭 위쪽으로 넓고 평평한 장소에 사람들이 모여 있다. 저곳이 출발 지점인가 보다.

산 아래에서 갈아입고 온 항공 점프슈트 위에 안전 장구를 착용한다. 플라스틱 의자에 달린 안전띠를 단단히 채운다. 심장이 벌렁거리기 시작한다. 바로 앞에서 아들의 글라이더가 펼쳐지며 소리 없이 날아오르는 것이 보이고, 다음은 내 차례다. 더 빠르게 뛰는 심장, 괜한 호기를 부렸나 싶은 생각이 머리를 스친다. 하지만 얼마나 해보고 싶던 패러글라이딩인가!

친정을 오가는 길에 중미산을 넘을 때면 하늘에 떠다니는 글라이더들을 보면서 부러워했었다. '하늘을 나는 기분은 어떨까? 나도 한

번 타 보고 싶다!' 큰 새처럼 활강하는 글라이더에 시선을 빼앗기며 매번 중얼거리던 말이다. 지난 추석에도 그랬다. 그런데 그 혼잣말을 들었던 걸까. 며칠 전 아들한테서 전화가 왔다. 주말에 패러글라이딩 가자는 전화였다. 저는 친구들과 가도 되지만 엄마는 자기가 아니면 기회가 없을 듯하다며 함께 가자 한다. 내가 생각해도 나 혼자서는 계속 꿈만 꾸다가 흐지부지되어버릴 것 같았다. 더 고민하지 않고 그러자고 했다.

사실 요즘 들어 부쩍 아들이 마음에 든다. 속 썩였던 때가 있었나 싶게 하는 짓마다 의젓하고 믿음직스럽다. 고등학교 시절에 몇 번이나 예상을 넘어서는 일탈로 나를 걱정시켰었다. 대학교 졸업 후, 진로를 농사로 결정한 아들은 다시 농수산대학에 입학했다. 그러고도 뜬구름 잡는 식의 막연한 계획만 늘어놓아 영 못 미더웠었다. 그런데 올해 2학년 실습으로 농업기술원을 다니면서부터 확실히 철이 든 것 같았다. 직접 농가를 다녀 보니 현실적이고 구체적인 것들이 보이는 모양이었다. 역시 사람은 다 자기만의 때가 있는 것을…

『월든』에 이런 구절이 있다.

누군가 동료들과 박자를 맞추지 않고 다르게 걷는다면 그는 분명 다른 고수(鼓手)의 북소리를 듣고 있을 것이다. 그것이 어디 먼 곳에서 들려오는 다른 가락이더라도 그만의 북소리에 맞추어 걷도록 내버려두어라. 누구나 사과나무나 떡갈나무처럼 빨리 자라야 할 이유는 없다.

소로의 말처럼, 모든 만물은 자기만의 북소리를 따라 각각의 속도에 맞춰 걷는다는 것을 알게 되었다. 그리고 그것이 순리임을 깨달았다. 한여름에 혼자 붉게 단풍 든 나뭇잎도, 대낮 산책길에서 꼬끼오 울어대는 수탉도 잘못된 것은 아니다. 그저 듣고 있는 북소리가 다를 뿐. 이제 나는 세상 무엇도 다 그럴 수 있는 일이라 여기게 되었다. 내 박자와는 달라도 아들도 자기만의 북소리에 맞춰 잘 걸어오고 있었음이다.

드디어 비행 출발선에 섰다. 어느새 걱정은 사라지고 창공을 날아오른다는 기대로 가슴이 터질 듯 설렌다. 출렁, 뒤로 당겨지는 힘을 버티며 앞으로 한 발짝 뛰어나가니 두 발이 공중에 붕 뜬다. 그리고 일시 정지. 한참 동안 모든 게 멈춘 듯 사방이 고요하다. 손톱만큼의 무게감도 흔들림도 없이 완전한 무중력 상태다. 태아가 엄마의 자궁 속에서 느끼는 편안함이 이럴까? 기분이 묘하다. 무섭기는커녕 신비로울 만큼 안온하다.

천천히 바람을 타기 시작하면서 풍경들이 눈에 들어오기 시작한다. 발아래 남한강 줄기며 아득하게 멀어지는 첩첩 산과 단풍 들어 울긋불긋 지나치는 바로 아래 가을 산. 구름 끝에 걸린 해가 시나브로 붉은 물을 풀어내는 시간, 세상은 그대로 한 폭의 산수화다. 나는 지금 노을빛 하늘과 브로콜리처럼 봉긋봉긋한 단풍 숲 사이 어디쯤을 새처럼 날고 있다. 분명 꿈은 아닌데, 꿈이 아니라는 게 믿어지지 않을 만큼 벅찬 감동이다. 오랫동안 생각날 것 같다.

곡예비행 구간에 들어선다. 놀이 기구를 타듯 아찔한 어지러움에 정신을 차릴 수가 없다. 비명을 지르며 빙글빙글 돌기를 여러 번, 시간이 얼마나 흐른 것일까. 어느새 나무들이 발 밑으로 가까워져 있다. 저만치에 먼저 내려가서 기다리고 있는 아들이 보인다. 날개를 접을 시간인 것이다. 배웠던 대로 두 다리를 앞으로 들어 올려 안전하게 착지, 천천히 땅을 밟고 일어선다. 비행 끝이다.

집으로 향하는 자동차의 엔진 소리 위로, 둥둥둥 나의 북소리와 두둥둥 아들의 북소리가 자연스럽게 섞여 들려온다. 앞으로도 아들과 나는 이렇게 함께 걸어가겠지. 우리는 말 없이 리듬을 탄다. 따로 또 같이.

(2021)

# 맨드라미 앞에서


천상 수탉의 볏이다. 꼭대기 부분은 붉은 벨벳처럼 빛나고, 아래로는 희끗희끗 씨 있는 거친 부분까지 똑같다. 그래서 옛사람들이 맨드라미를 계관화(鷄冠花)라고 부른 모양이다. 며칠 사이 일교차가 커지더니 맨드라미의 붉은색이 더욱 진해진 듯하다.

담장과 콘크리트 길 사이, 세모 모양으로 길쭉한 좁은 땅에서 매년 맨드라미가 핀다. 씨를 뿌린 적도 없는데, 늦은 봄날에 삐죽이 싹을 틔우고는 부지런히 키를 키우고 몸집을 불려간다. 그러다가 어느 사이에 붉은 꽃잎을 머리 위로 활짝 펼치며 가을 내내 열정을 불태우는 것이다. 그러면 나는 번번이 담벼락 앞에 멈춰 서서 이 당찬 꽃에 혼을 뺏기곤 한다. 벨벳처럼 윤기 나는 꽃잎을 가만히 쓰다듬어 본다. 그 짧은 시간 동안, 분주히 달려온 고단함이 손끝으로 전해지는 듯하다.

몇 년 전, 8폭 병풍에 쓰일 신사임당의 초충도를 그린 적이 있다. 거기에 맨드라미 그림이 있었다. 붉게 핀 맨드라미와 활짝 피어난

과꽃 옆으로 나비가 세 마리 날아다니고, 땅에는 세 마리의 쇠똥구리가 동그란 쇠똥을 굴리고 있는 그림이다. 민화에서 맨드라미는 벼슬, 즉 관운을 상징한다고 한다. 신사임당은 세 아들이 벼슬길에 오르기를 바라는 마음으로 이 그림을 그렸을 것이다. 장승업의 『닭과 맨드라미』에서처럼 맨드라미와 닭을 함께 그리는 경우도 많다. '관상가관(冠上加冠)', 벼슬 위에 벼슬을 더한다는 뜻으로, 벼슬길에서 승승장구하라는 염원을 그림에 담은 것이다.

그렇게 생각하며 봐서일까? 빛나는 벼슬에 까만 씨앗을 품고 올차게 서 있는 맨드라미가 위풍당당해 보인다. 길가 풀섶에도 작은 꽃들이 피어 있다. 멀리서 보면 꽃인 줄도 모를 만큼 색깔도 밋밋하다. 잘 보이지 않는 작은 꽃에도 벌과 나비가 찾아오는 걸 보면 그 꽃들은 어떤 특별한 향기를 품고 있는 것 같다. 자신을 확실히 드러낼 무기가 없는 소박한 꽃은 향기를 얻기 위해 얼마나 오랫동안 깨끗한 이슬에 마음을 닦고 또 닦았을까. 결실을 앞둔 풀꽃들도 맨드라미처럼 유유(愉愉)하다.

며칠 전, 글동무가 첫 수필집을 출간하고 수필 교실 식구들을 초대해 오붓한 출판기념회를 열었다. 회원들 모두 축하하며 건필을 응원하는 박수를 보냈다. 나 역시 기쁜 마음으로 사회를 맡았다. 그런데 짧아진 가을 해처럼, 시간이 얼마 남지 않았다는 생각이 들었다. 마음이 조급해졌다. 그동안 나만의 보폭과 속도에 맞춰 잘 걷고 있다고 생각했지만, 혹시 보폭을 좁게 잡은 건 아닌지, 속도를 너무 늦춘

건 아닌지 머릿속이 심란했다.

뒤늦은 나이에 글 씨앗을 품어 싹을 틔우고는 이제 겨우 꽃잎 하나 피워낸 보잘것없는 가을 풀꽃, 그것이 지금의 내 모습이다. 분명 내게도 존재 이유가 있을 것이다. 아직은 가을볕도 남아 있고, 마음 씻어 말릴 이슬과 바람과 별빛도 넉넉하지 않은가.

내 삶의 임무를 완성하려면 어떤 향기를 품는 것이 좋을까? 매혹적인 향기면 더 바랄 것이 없겠지만, 늦가을 들깨 터는 밭에서 고샅길로 번져오는 고소한 기름내도 괜찮을 것 같다.

삿된 욕심을 뿌리치며 촘촘히 주름 접어가는 맨드라미 앞에서, 잠시 어지럽던 마음을 다독여 본다.

(2022)

# 변색 렌즈

나는 안경잡이다. 십 대부터 근 40여 년을 잠자는 시간 외에는 안경을 쓰고 살았으니 이제는 내 몸처럼 익숙하다. 하지만 익숙하다고 해서 불편함까지 없는 것은 아니다. 요즘은 노안(老眼)이 와서 돋보기안경까지 쓰게 되니, 그림을 그리거나 책 읽을 때마다 번갈아이거 썼다가 저거 썼다가 여간 번거로운 일이 아니다. 게다가 나이가들면서 부쩍 심해진 건망증 탓에 안경을 어디에 두었는지 찾아다니는 일이 잦아졌다.

10여 년 전쯤 변색 렌즈 안경을 썼던 적이 있다. 자외선의 양에따라 렌즈의 색이 변하는 렌즈였다. 실내에서는 그냥 투명한 안경알이지만 햇빛을 받으면 렌즈 색이 까맣게 변해 선글라스처럼 빛을 차단했다. 외출 시 따로 선글라스를 챙기지 않아 편리하고 좋아서 여러번 안경을 바꾸는 동안 계속 변색 렌즈를 고집했었다.

변색 렌즈 안경은 다 좋은데 한 가지 큰 단점이 있다. 햇빛을 받으면 금방 선글라스가 되지만 다시 투명한 안경으로 돌아오기까지 시간이 조금 걸린다는 점이다. 그래서 간혹 중요한 행사나 점잖은 자리에 가게 될 때, 햇빛이 강한 야외에 있다가 행사장인 실내로 들어가면 얼마 동안 굉장히 민망한 상태가 되곤 했다.

한번은 집 근처에 있는 한 초등학교에 구직 서류를 내러 갔었다. 커다란 운동장을 가로질러 가서 교무실에 서류를 내고 왔는데, 나중에 들려온 말이 '구직하러 오면서 건방지게 떡하니 선글라스를 끼고 왔더라'였다. 하긴 내 기억에도 그날은 한여름 뙤약볕이 운동장을 잔뜩 달구고 있었으니 유독 안경알이 까맸을 것이다. 만일 그날 변색렌즈 안경을 쓰지 않았더라면 또는 렌즈 색이 본래대로 돌아온 후 천천히 교무실로 들어갔더라면 결과가 달라졌을까? 그것 때문에 탈락한 것인지는 모르겠지만, 안경 너머로 눈빛이 전달되었더라면 적어도 건방지다는 오해는 안 받았을 텐데….

우리나라 속담에 '제 눈에 안경'이라는 말이 있다. 보잘것없는 것이라도 제 마음에 들면 좋아 보이는 법이다. 선입견이나 편견을 비유해 '색안경을 쓰고 본다'라고 말하기도 한다. 쓰이는 상황과 의미는 다르겠지만, 둘 다 자기만의 렌즈로 세상을 본다는 관점에서는 일맥상통한다고 볼 수 있겠다.

눈을 보면 그 사람의 마음이 보인다고들 한다. 세상을 보는 것도 그 눈을 통해서이다. 각자의 경험에 따라 살아온 삶의 '결'대로 마치 지문(指紋)처럼 자기만의 렌즈를 만들고, 그것을 통해 각각 다르게 세상을 보게 된다. 그래서 똑같은 대상이라도 다르게 보이는 것이다.

수필 교실에서 당번 글을 합평할 때도 재미있는 것이 있다. 회원마다 항상 지적하는 부분이 따로 있는 것이다. 반복되는 어휘를 특별히 잘 찾아내는 회원이 있는가 하면, 누군가는 글의 구성이나 표현에 대해 자주 언급하고, 또 누군가는 주로 잘못된 맞춤법을 찾아내곤 한다. 아마도 자신이 글을 쓸 때 중요하게 생각하는 분야이거나, 똑같은 실수를 해본 경험이 있기 때문일 것이다. 쏟아지는 폭우 속에서 목 놓아 울어 본 사람이 타인의 깊은 슬픔을 알아차리기 쉽고, 동백 꽃잎처럼 뚝뚝 떨어져 본 사람이 그 안에 붉게 번진 빛깔의 아픔을 이해할 수 있는 것처럼.

지금은 변색 렌즈 안경을 쓰지 않지만 마음의 눈만큼은 늘 변색 렌즈였으면 싶다. 보아야 할 것을 못 보고 지나치는 무심한 사람이 되고 싶지는 않기 때문이다. 기쁨 앞에서는 기쁨의 빛깔로, 슬픔 앞에서는 슬픔의 빛깔로, 또 두려움과 외로움 앞에서는 그 감정의 진짜 색을 알아볼 수 있는 눈을 갖고 싶다. 늘 닦여 있고, 세심하게 조율된 마음의 렌즈 하나 쓰고 살 수 있으면 참 좋겠다.

(2020)

# 우안거(雨安居)

어제 내린 단비 덕분에 더위가 한풀 꺾였다. 요즘 날씨가 봄답지 않게 무더워서 아침이나 저녁으로 걷기운동을 하고 있었다. 본격적인 여름에 접어들면 얼마나 더울지 걱정하던 차에 고대하던 비가 내려준 것이다. 아침 설거지를 끝내고 환한 햇살 아래 집을 나섰다. 모처럼 하늘은 파랗고 불어오는 바람도 선선하다. 여름은 건너뛰고 바로 가을이 되어버린 것은 아닌가 싶을 정도로 쾌청한 날씨다. 이러다가 우리나라의 자랑인 뚜렷한 사계절이 없어질 수도 있을 듯싶다.

천변으로 접어드니 달팽이가 길을 가로질러 기어가고 있다. 그동안 목마름에 바싹바싹 말라 있다가 제 세상을 만난 듯 집 밖으로 활개 치는 모습을 보니 내 기분이 다 흐뭇하다. 지렁이도 덩달아 꼬물거리고 전에는 볼 수 없었던 새끼 메뚜기까지 보인다. 길가 풀섶에는 더 많은 생명이 분주하게 제자리를 찾아가고 있을 것이다. 귀 기울이면 그 분주한 발소리들이 들릴 것 같다. 나무에 앉아 있어야 할 참새 떼가 풀밭에서 폴짝폴짝 날아다닌다. 먹이를 찾는 걸까? 개망초 꽃

대가 휘어지도록 위태롭게 매달려 고개를 요리조리 돌리는 녀석도 있다. 얼마 만에 생기 찬 천변 풍경에 내 발걸음도 덩달아 신이 난다.

들뜬 기분에 혹여 어린 생명을 밟을까 싶어 바닥을 살피며 걷는다. 가다 보니 길 중간이 빗물로 웅덩이를 이루고 있다. 그걸 피해 가장자리 풀섶 쪽으로 걷는데, 뾰족한 등산화 밑창에 벌레라도 밟힐까 싶어 나도 모르게 까치발을 든다. 아무래도 내일부터는 바닥이 평편한 운동화를 신고 나와야겠다. 반환점을 돌아 다리 밑까지는 뒷걸음으로 걷는 구간이 있다. 백여 미터 정도 곧게 이어지기 때문에 보통은 평소에 쓰지 않는 근육을 쓰기 위해 뒤로 걸었는데 오늘은 바닥을 살피면서 앞으로 걸어가야 할 것 같다.

언젠가 책에서 스님들의 '우안거(雨安居)'에 대해 읽은 적이 있다. 부처님께서 활동하시던 갠지스강 유역에 매년 3개월간 집중적으로 비가 내리는 시기가 있다고 한다. 이 기간에는 길이 물에 잠기고, 작은 생물들이 어지럽게 흩어져 다니기 때문에 스님들은 가급적 외출을 삼가한다. 혹 나가더라도 맨발로 조심스럽게 다닌다고 한다. 자연과 생명을 향한 스님들의 깊은 존중이 느껴지는 대목이다.

중년 이후에 여기저기 몸이 아프기 시작했다. 확실히 기력이 예전 같지 않다고 느낄 때가 많다. 이렇게 늙는구나! 인생무상, 불현듯 닥친 허탈함에 문득문득 괜히 서럽고 우울해 지기도 한다. 준비 없이 맞닥뜨린 소낙비처럼 온몸으로 고스란히 맞을 수밖에 없는 세월이라는 거대한 빗줄기 속에 서 있는 기분이다. 그냥 이대로 흘러가도 괜찮을지 마음이 어지러운 지금이 어쩌면 우리 부부의 우안거 기간이 아닐까 싶다. 스님들이 그 시기를 어떻게 보내느냐에 따라 이후 삶의 도량이 달라지는 것처럼, 우리의 우안거도 서로를 세심히 살피고 각자의 마음을 성찰하며 지혜롭게 잘 보내야 하리라.

다가올 여름이 아무리 덥다 해도 곧 가을이 올 것이고, 가을 역시 오는 겨울을 막을 수는 없다. 계절은 그저 흘러갈 뿐, 그 계절을 어떻게 살아내는가만이 우리 몫이다.

(2022)

# 밑반찬

매일 삼시 세끼 밥상을 차리는 일은 지금도 여전히 어렵다. 그래서 가끔 미리 시간을 내서 각종 절임류와 마른반찬, 조림 반찬 등을 준비해 두고 요긴하게 써먹는다. 밑반찬만 있으면 그때그때 생선을 굽든, 국이나 찌개를 끓이든, 반찬 한 가지만 더해서 재빨리 밥상을 차려낼 수 있기 때문이다.

핸드폰이 없었던 시절의 얘기다. 남편은 직업이 대동물 전문 수의사로, 주로 소들을 치료하기 위해 목장으로 왕진을 다녔다. 소들은 되새김질하는 동물이라 위가 네 개이다. 그런데 위가 꼬이게 되면 밥을 잘 안 먹을뿐더러 내용물이 막혀버린다. 그렇게 병이 난 소는 배를 열어 꼬인 것을 풀어주는 전위(轉位) 수술을 해야 한다. 남편은 그 수술을 잘했다. 그 당시에 전위 수술을 잘하는 젊은 수의사로 근방에 입소문이 났다. 그래서 눈코 뜰 새 없이 바빴다.

매일 목장에서 걸려 오는 진료 전화를 받아, 왕진 다니는 남편에게 전달하는 일이 나의 중요한 업무 중 하나였다. 전화를 받으면 그

목장의 전화번호를 찍이 남편에게 삐삐를 쳤다. 삐삐로는 숫자밖에 전달할 수 없기에 응급일 때 쓰는 암호도 만들었다. 난산이나 질탈 같이 급한 상황일 때는 전화번호 뒤에 '82(빨리)'를 위급한 만큼 붙여서 보냈다. '8282'를 보면 곧바로 남편이 왕진 순서를 조정하곤 했다. 지금 같은 시대에는 상상이 안 되는 낯선 얘기지만, 그땐 그랬다.

왕진 요청 전화는 주로 새벽에 많이 걸려 왔다. 목장에서는 대부분 젖을 짜고 여물을 주다가 소가 병이 난 것을 발견하기 때문이다. 그때부터 남편의 업무도 시작되는 것이다. 휴일도 없었고, 응급 진료가 있으면 한밤중이라도 왕진을 나가야 했다. 식사를 제시간에 하는 일이 드물 정도로 일에 치여 살았다. 목장에서 목장으로 왕진을 다니다가 집 근처를 지나게 될 때, 잠깐 들어와 허겁지겁 허기를 채우고는 바로 또 나가야 했으니까. 언제 남편이 들어올지 몰라 밥솥에는 항상 밥이 있어야 했다. 생각해 보니 그땐 남편도 나도 매일 5분 대기조처럼 살았던 것 같다.

결혼 전에는 음식을 별로 안 해 봤다. 그래서 매일 밥상 차리는 일이 더 어려웠다. 오일장에서 열무를 사다가 다듬고, 절이고, 양념을 갈아 물김치 한 통 담그는 일이 무슨 예술 작품을 창작하는 일이라도 되는 양, 한나절씩 진을 빼던 시절이었다. 한참을 조물조물해 무쳐 놓은 콩나물 한 접시가 젓가락질 몇 번으로 흔적도 없이 사라질 때의 허무함을 누가 알까. 하지만 고생하는 남편을 위해 정성껏 음식을 만들었고, 대단한 요리가 아니어도 맛있게 잘 먹어주는 남편이 고마웠다. 가끔 어머님이 김장 김치와 여러 가지 밑반찬을 보내주셨는데, 보자기를 풀어보면 오이장아찌, 깻잎장아찌, 마늘종 절임 등 구세주 같은 반찬들이 나왔다. 그게 얼마나 반가웠는지 모른다.

밑반찬이 맛있는 데다 주인장의 인심까지 후해서 자꾸 찾게 되는 집이 있다. 늘 맛깔스런 밑반찬을 준비하는 단골집은 항상 손님이 넘쳐난다. 사람도 마찬가지로 볼수록 좋고 오래 같이 있고 싶은 사람이 있다. 마음 바탕이 훌륭한 사람 옆에는 늘 좋은 인연으로 북적거리게 마련이다. 좋은 사람을 만나고 싶다면 내가 먼저 좋은 사람이 되면 된다. 늘 마음의 밑반찬을 준비해 둬야 하는 분명한 이유이다.

중용에 '성실함이란 스스로 자기 자신을 이루는 데 그치는 것이 아니라, 자기 이외의 것들도 이루게 한다.'라는 말이 있다. 그래서 나는 우선 '성실'이라는 마음 반찬을 준비하려고 한다. 넉넉하게 마련해 두고, 한때라도 떨어지는 일이 없게 할 생각이다. 여러 분야의 책을 두루 읽어 폭넓은 지식을 쌓고, 혜안(慧眼)을 기르며, 글쓰기를 통해 항상 자신을 돌아보는 일도 게을리하지 않을 것이다.

생활 속 거리 두기로 혼자 있는 시간이 많아진 요즘, 나는 영혼의 밑반찬을 마련하는 일로 분주하다.

(2020)

# 허새와 나

도서관 수업을 듣고 돌아오니 허새가 햇빛을 향해 날개 한쪽을 쭉 펼치고 있다. 평화롭게 일광욕이라도 하는가 했는데, 잠시 뒤 돌아보니 두 발을 하늘로 향하고 반듯하게 누워 있는 것이 아닌가. 새가 그렇게 누워 있는 모습은 지금껏 한 번도 본 적이 없었다. 이상하여 달려가 보니 미동 없이 눈을 감고 있다. 얼른 꺼내 손안에 올려놓고 심장을 마사지해 주었다. "째" 여리고 작은 소리를 냈다. 어쩌면 소생할지 모른다는 생각에 볼록한 가슴을 문지르고 또 문질렀다. 그러나 그 소리를 마지막으로 새는 깨어나지 않았다.

이미 조짐은 있었다. 올해 들어 부쩍 조는 것처럼 눈을 뜨지 못하고 몸이 흔들렸다.

며칠 전에는 해바라기씨를 먹다 말고 휘청해서 먹이통에 고꾸라질 뻔했다. 모란 앵무새의 평균 수명이 10년에서 15년 정도니까, 열세 살 우리 새도 고령인지라 늘 마음의 준비는 하고 있었다. 그렇게 졸다가도 또 괜찮아지곤 했기에 오늘이 그날일 줄은 미처 생각지 못

했다.

허새는 우리 애완조의 이름이다. '허씨 집안의 새'라는 뜻으로 아들이 지어준 이름이다. 허새는 친정 동생이 키우던 앵무새가 두 번째로 낳은 알을 직접 부화기에서 부화시키고 주사기로 분유를 먹여 키운 새다. 그래서 우리 집에 오기 전 이름이 '2호'였다. 툭하면 발로 새장 문을 들어 올리고 나와서 날아다니곤 했을 만큼 자유롭게 나는 것을 좋아했다. 그 때문에 주기적으로 윙컷을 해주어야 했다. 윙컷이란 날개의 가장 바깥쪽 큰 깃털 두세 개를 어느 정도 잘라주어 나는 기능을 조절해 주는 것이다.

허새는 툭하면 새장에서 탈출해 동백나무에 앉기도 하고, 액자나 텔레비전 가장자리에 올라앉아 고개를 갸웃거렸다. 하지만 허새가 가장 좋아했던 건 부엌에서 설거지하고 있는 내 어깨에 날아와 앉는 것이었다. 어깨에 앉아 동그란 눈으로 말똥말똥 쳐다보면 그 모습이 어찌나 사랑스러운지 미소가 저절로 지어지곤 했다. 모란앵무는 작아서 그런지 말을 따라 하지는 못했다. 국수를 유난히 좋아했는데, 국수를 잘라줄 때마다 똑똑 끊어 먹고는 제자리에서 한 바퀴 도는 게 유일한 개인기였다.

어느 날 아들이 키우던 고양이가 집으로 오면서 허새의 자유는 사라졌다. 고양이가 본능적으로 새를 잡아 죽인다는 얘길 들은 적이 있어서 새장 문을 잠가둘 수밖에 없었다. 고양이가 방에서 잠들면 닫힌 방문을 확인한 다음 가끔 허새를 꺼내주긴 했으나 그나마도 시

ㅣ브로 횟수가 줄어갔다.

그즈음에 나도 가슴에 돌 하나를 얹은 듯 답답한 압박감에 시달리고 있었다. 수필가로 등단하고 수년, 좋은 글을 써야 한다는 부담감에 좀처럼 글이 써지지 않았다. 글이 곧 그 사람이다, 좋은 글을 쓰려면 먼저 좋은 삶을 살아야 한다는 말이 가슴을 짓눌렀다. 잘 쓰는 것도 그렇지만 잘 사는 일은, 그게 어디 마음먹은 대로 쉽게 될 일이던가. 단지 생각으로만 담아두고 끙끙거리고 있었다.

하지만 매달 지역신문에 연재하는 글이 있어서 어떻게든 쓰긴 써야 했다. 궁여지책으로 훌륭한 작가의 좋은 글을 모방해 틀을 짜 놓고, 그 안에 내 생각을 구겨 넣어 그럴듯하게 얼개 짜기 시작했다. 겉보기엔 괜찮은 글이 써졌다. 좋은 글 먼저 쓰고, 그 글처럼 사는 것은 나중에 노력하면 된다고 쉽게 생각했다. 순서 좀 뒤바뀐다고 무슨 크게 달라질 일이 있겠나 싶었다. 석연찮은 구석은 있었지만, 좋은 글도 쓰고 내 삶이 점점 좋아지고 있는 것만큼은 확실했으므로 편하게 안주했다. 견고하게 지켜준다고 믿었던 새장에 스스로 마음을 가둔 줄은 꿈에도 모른 채, 서서히 날것의 기억을 잃어갔던 것 같다.

언젠가 글은 한 줄도 쓰지 못하고 커서가 껌뻑거리는 모니터 빈 화면만 쳐다보고 앉아 있었다. 허새와 눈이 마주쳤다. 갑자기 너무 답답할 것 같다는 생각이 들어 고양이를 강제로 방안에 가두고 새장 문을 활짝 열어주었다. 하지만 허새는 밖으로 나오려 하지 않았다.

자유롭게 날던 기억을 잃어버린 걸까. 안전한 새장 안에서 편하게 먹고 사는 생활에 익숙해져 버렸나 보다. 푸드덕 날아준다면 어쩌면 꽉 막혔던 내 글의 물꼬도 트일 것 같은데…. 쓸쓸하게 새장 문을 닫으며 꼼짝도 하지 않는 허새가 야속했다. 그때는 글이 안 써지는 이유를 애먼 허새 탓으로 돌리고 싶었던 것 같다.

차갑게 식어버린 허새의 몸을 깨끗한 종이로 감쌌다. 좋아하던 국수와 해바라기씨와 좁쌀과 함께 벚나무 아래 묻어 주었다. 허새야, 옆에 와서 야옹대는 고양이 먼저 챙기느라 더러 서운하게 했다면 용서하길 바란다. 그리고 너에게 자유롭게 날 수 있는 능력이 있다는 사실을 꼭 기억하렴. 그곳에서 훨훨 맘껏 날길 바란다.

앵무새를 보내며 내 마음은 조금 편해졌다. 모자라고 서툴더라도 있는 그대로의 나의 글을 써도 괜찮겠다는 생각이 든다. 의미화에 너무 신경 쓰지 말고 그냥 마음이 시키는 대로 써 볼 생각이다. 앞으로 남은 시간은 누군가의 어떤 삶을 따라가기보다 내가 살고 싶은 대로 슴슴하게 살아봐도 좋을 듯싶다. 소박하게 기본에만 정성을 다한다면 비록 화려한 맛은 없을지라도 마지막까지 질리지 않고 사랑할 수 있지 않겠는가.

(2025)

# 그래도 괜찮아, 나는 반딧불

요즘 툭하면 나도 모르게 흥얼거리는 노래가 있다. 가사가 내 심정과 너무 똑같아서였을까.

나는 내가 빛나는 별인 줄 알았어요
한 번도 의심한 적 없었죠
몰랐어요
난 내가 벌레라는 것을
그래도 괜찮아 난 눈부시니까

하늘에서 떨어진 별인 줄 알았어요
소원을 들어주는 작은 별
몰랐어요
난 내가 개똥벌레라는 것을
그래도 괜찮아 난 빛날 테니까 (하략)

얼마 전, 가면을 쓰고 노래하는 TV 프로그램에서 우연히 '나는 반딧불'이라는 노래를 듣게 되었다. 처음 듣자마자 멜로디와 가사가 귀에 쏙 들어왔다. 요즘 아이돌 가수들의 노래는 가사가 잘 안 들리고 따라 부르기는 더더욱 힘든 노래들이 많은데, 이 노래는 한번 듣고 단박에 외워졌다.

어린 시절, 무더운 여름밤이면 초저녁부터 마당에 있는 평상으로 나갔다. 손에 부채 하나 들고, 옥수수며 수박을 먹다 보면 어느새 더위는 사라지곤 했다. 벌러덩 누워서 하늘을 올려다보면 까만 하늘 가득히 쏟아질 듯 별이 반짝거렸다. 학교에서 배웠던 국자 모양의 북두칠성을 찾고, 국자 끝별 간격의 5배 연장선에서 북극성을 찾아내서는 무슨 큰일이라도 한 듯 엄마한테 신나게 자랑했던 생각이 난다. 일 년에 딱 한 번 칠석날에 오작교를 건너가 만난다는 견우성과 직녀성은 끝내 못 찾고 이내 까무룩 잠이 들었었지 아마. 그때 두엄더미 위로 반딧불이가 깜빡깜빡 느리게 날아다니고 있었다.

반딧불이는 성충뿐 아니라 알, 애벌레, 번데기 때에도 미약한 빛을 품고 있다고 한다. 알에서 부화한 애벌레가 여러 번 허물을 벗고 번데기가 되는 동안 발광물질은 조금씩 더 짙어지다가 성충이 되었을 때 비로소 가장 아름답게 빛을 발한다. 짝짓기라는 최종 임무를 해내기 위해서 말이다.

얼마 전 충북 지역 67년의 문학사를 발간하는데, 책에 실을 개인 이력을 써서 보내 달라는 청탁서를 받았다. 하지만 그즈음 나는 발목과 어깨 수술을 받은 남편을 신경 쓰느라 진득하니 책상 앞에 앉아 글을 쓸 짬이 없었다. 마지막까지 미루다가 발등에 불이 떨어지고서야 간신히 써서 기일 안에 보낼 수 있었다.

처음엔 문학사에 남을 기록인데 실해 보이게 포장이라도 해야 하나 싶었다. 지금 내세울 게 없으니, 내면의 가능성이나 미래의 큰 꿈으로 부족함을 가려보면 어떨까 생각했다. 개인 수필집 한 권 없는 초라한 내 모습이 부끄러웠던 것 같다.

하지만 결국 마음을 고쳐먹었다. 내용물 파손을 방지하기 위해서라는 그럴듯한 명분으로 과대 포장된 과자봉지처럼, 열어보면 금방 들통날 눈속임으로 더욱 초라해지긴 싫었기 때문이다. 충전 가스 조금 넣는다고 크게 달라질 것 없는, 나는 그냥 무명작가일 뿐이다. 있는 그대로의 내 모습을 인정하고 받아들이자.

수필공부를 시작한 지 벌써 10년이 넘었다. 운 좋게 등단도 했다. 탄력받아 글이 잘 써지던 즈음에는 한때 내게 재능이 있다고 생각한 적도 있었다. 하지만 오래지 않아 내 안에 글 쓰는 인자(因子)가 그리 많지 않음을 깨달았다. '나는 반딧불' 노랫말처럼 애석하게도 빛나는 별이 아닌 벌레라는 것을 알아버린 것이다. 그래도 많고 많은 벌레 중에서 '빛을 품은 벌레'라는 것이 얼마나 다행인가.

나는 부지런히 영혼의 양식을 찾아 먹으며 몸집을 불려 가는 중이다. 배 꽁무니에 차근차근 빛을 모았다가 내게 주어진 모든 임무를 완수하는 날 가장 맑게 빛나기 위해서. 꼭 별이 아니어도 반짝일 수 있다.

(2024)

# 샤넬 넘버 5

아들이 봉투 하나를 내민다. 뜯어 보니 '샤넬 넘버 5' 향수병 모양의 예쁘장한 수첩이 들어있다. 손안에 쏙 들어오는 게 메모 수첩으로 쓰기에 딱 알맞은 크기다.

"고마워, 니가 직접 고른 거야? 엄마 명품처럼 좋은 글 쓰라고?"

감격에 겨운 내 질문에 돌아오는 대답이 조금 실망스럽다. 선물할 데가 있어서 샤넬 향수를 사고 받은 사은품인데, 글 쓰는 엄마에게 유용할 것 같아 챙겨왔단다. 아무려면 어떻겠는가. 아들의 마음 씀이 향수보다 더 향긋하면 내게는 명품 선물인 것이다.

'샤넬 넘버 5'는 웬만한 사람들은 다 알만한 명품 향수 중 하나이다. 평상시 향수를 즐겨 쓰지 않는 나 같은 사람도 알 정도로 유명하다. 향수 이름이 번호인 것은 코코 샤넬의 행운 숫자가 '5'라서 라는 말도 있고, 여러 샘플 중 다섯 번째였기 때문이라는 설도 있다. 어쨌든 무미건조한 숫자를 이름으로 쓰고, 향수병의 모양 역시 기존의 작고 화려한 용기들과는 달리 단순한 사각형의 디자인으로 과감하게 바꾼 긴 모험적인 시도였다. 제조 공법 또한 혁신적이었는데, 그 당시 향수 업계에서는 대부분 꽃과 식물에서 추출한 몇 가지 향만 섞어서 향수를 만든 데 비해서 샤넬은 플로랄 향 외에 알데하이드를 포함한 83가지가 넘는 합성 성분을 배합해 향수를 만든 것이었다.

또 코코샤넬은 허리를 옥죄는 여성복이 보편적이던 그 시절에 파격적인 디자인과 옷감으로 활동하기 편한 옷을 만들었다. 그래서 모든 여성에게 자유를 선물했다는 평가를 받기도 했다. 그녀의 모험을 즐기는 성격 때문에 어려워졌던 시절도 있었지만, 결국 그녀는 성공했고 오늘날과 같은 명성을 얻게 되었다. 그만큼 도전 정신이 강하고 사업적 선구안이 뛰어난 인물이었다.

나로서는 그녀의 도전 정신이 몹시 부럽다. 거창하게 시작했다가 힘들어지면 은근슬쩍 자기합리화로 꼬리 내리고 마는 나 자신이 부끄러울 따름이다. 몇 달 전부터 전문적으로 체계적인 글쓰기 공부를 시작해 볼까 생각해 왔는데, 아직도 확실하게 결정을 내리지 못하고 있다. '꼭 필요한 것도 아닌데, 이 나이에 굳이 사서 고생할 이유가 있을까? 젊은 시절을 정신없이 달려왔으니 이제는 편하게 살아도 되지 않을까?' 이런저런 내면의 소리가 끈질기게 결정을 방해하고 있기 때문이다. 그러다 책에서 우연히 향수를 만드는 조향사의 이야기를 읽고 마음을 다잡게 되었다.

조향사들은 향을 '노트note'라는 단어를 써서 표현한다. 향은 시간과 온도에 따라서 변화하는데, 먼저 마개를 열고 처음 맡게 되는 향이 '탑 노트'다. 탑 노트가 날아가고 나면 향수의 구성 요소들이 조화롭게 배합된 그윽한 중간 향이 발산되는데, 이를 '미들 노트'라고 한다. 그리고 마지막까지 남게 되는 잔향을 '베이스 노트'라 부른다. 이 베이스 노트는 사람의 체취와 서로 섞여 독특한 향취를 발산한다고 한다.

이렇게 시간에 따라 변화하는 향까지 고려해서 향수를 만든다고 하니, 그 과정이 얼마나 길고 힘들지 짐작이 간다. 아마도 조향사들은 늘 후각을 세우고 향이 좋은 재료들을 찾아 모았을 것이다. 서로 어울릴만한 향들을 감각적으로 골라내고, 얼마만큼의 양과 농도로, 또 어떤 비율로 섞느냐를 두고 수도 없이 섞어 보았겠지. 그렇게 수많은 시행착오를 거쳐 가장 조화로운 배합의 향수 하나를 탄생시켰을 것이다.

그러고 보면 조향사가 하는 일은 글을 쓰는 일과도 닮은 듯하다. 글을 쓰려면 먼저 삶 속에서 향기 나는 소재들을 찾아야 한다. 그중 어느 소재를 얼마만큼 가져올지, 어떤 순서와 무게로 자연스럽게 주제를 드러낼지 고민에 고민을 거듭한다. 얼개짜기 후에도 수없이 많은 퇴고 과정을 거쳐 여운이 남는 글 한 편을 완성할 수 있는 것이다. 어쩌면 작가의 다른 이름 중 하나는 삶의 조향사가 아닐는지.

중년 이후 선물처럼 주어진 자유로운 이 시간, 삶의 조향사로서 열심히 공부하며 다시 한번 열정을 불태워 봐야겠다. 아들이 선물해 준 명품 수첩에 향기 나는 이야기들을 찾아 모으고, 그 삶들을 아름답게 배합해, 소박하너라도 나에게 만큼은 명품이 될 글을 써 보자.

삶을 향기롭게 기록하는 조향사로서 나만의 향을 담은 글을 쓰고 싶다.

(2023)

# 샘 파는 사람

심경이 복잡하다. 강산도 변한다는 10년, 3천6백5십여 일. 말로는 짧아 보이지만, 그 시간은 생각보다 깊고 길었다.

설레는 마음으로 수필 교실 문을 열고 들어섰던 때가 엊그제 같은데 세월 참 빠르다. 그렇게나 많은 날을 속절없이 흘려보냈나 싶어 아쉽기도 하고 너무 늦은 건 아닌지 조바심 나기도 한다. 서당 개 십 년이면 풍월을 읊는다는 말도 있던데, 풍월은커녕 겨우 신변잡기 면한 정도의 글 수준이니 지금 내 모습은 한없이 초라하다. 다만, 한눈팔지 않고 10년을 한 길로 걸어왔다는 것에 스스로 위안 삼아본다.

내 영혼이 수분을 원했던 것 같다. 물은 우리 몸에 꼭 필요한 성분이다. 몸 전체의 70%를 차지하는데 부족하다 싶으면 알게 모르게 신호를 보내 필요한 수분을 섭취하게 한다고 한다. 그 신호에 따라 영혼에 꼭 필요한 성분을 채우기 위해 나는 샘을 파는 사람이 되었다. 그저 뭔지 모를 내 안의 갈증을 풀어줄 샘물 하나 있었으면 했다.

처음부터 대단한 수맥이 터지실 바라고 땅을 파기 시작한 게 아니다. 무턱대고 느낌만으로 맨땅에 삽질하다가 도로 덮기도 여러 번, 피부로 느껴지는 갈증은 더해만 갔다. 어느 날 웅덩이에 물이 고이기 시작했고, 퍼내면 다시 고이기에 드디어 내 샘이 터졌구나 싶었다. 우쭐했다. 하지만 곧 그 물이 건천의 흙탕물임을 깨달았다. 걷어내고 오래 가라앉혀야 겨우 목축일 정도라는 것, 그마저도 마르면 없어지고 말 작은 웅덩이일 뿐이었다. 그걸 깨닫고 나니, 실망도 실망이지만 교만했던 나 자신이 마음속으로 얼마나 부끄러웠는지 모른다.

욕심을 내려놓고 꾸준히 파다 보니 조금씩 맑은 물이 고이기 시작했다. 치열하게 고생하고 얻은 물맛은 그간의 노고를 싹 잊게 할 만큼 짜릿했지만, 아직 한나절을 기다려야 겨우 물 한 모금을 얻을까 말까인 게 문제다. 그래서 여전히 목마르다. 어렵고 힘들어도 이 일을 멈출 수 없는 분명한 이유일 것이다. 뼛속까지 맑게 해줄 샘물이 끊임없이 솟아날 때는 언제일까. 어쩌다 지친 새 한 마리 날아와 내 샘에서 목축이고 간다면 더 바랄 게 없을 텐데. 앞으로도 나의 샘 파기는 계속될 것이다.

사람들은 물 마시는 것 외에 수시로 상황과 기분에 따라 다양한 형태의 음료를 만들어 즐기기도 한다. 그리고 그런 것들은 확실히 행복감을 가져다준다. 운동 후 마시는 이온 음료, 좋은 사람과 나누는 차 한 잔, 비 오는 날 생각나는 파전에 막걸리, 응원하며 먹는 치킨에 맥주 등등. 그때그때 느껴지는 신호에 따라 최적의 방법으로 갈증을 푼다고도 할 수 있겠다. 나 역시 화려하고 쌈박한 글을 써 보려고 애써본 적이 있다. 하지만 확실한 해갈(解渴)엔 순수한 물이 최고이듯, 있는 그대로 길어낸 진실한 글이 영혼의 갈증을 풀어줄 열쇠라는 결론을 얻었다.

산이 깊을수록 옹달샘은 마르지 않고 거대한 암반 지역 저 밑에서 끌어올린 물은 언제나 차고 맑다. 영혼의 글 샘은 끊임없이 이어지는 깊은 사색과 성찰 과정을 통해야만 얻어질 수 있는 게 아닐는지. 나는 영혼의 샘을 파는 사람이다. 산처럼 묵묵히 깊어져야 하리라. 단단한 바위일지라도 쉼 없이 깨고 쪼기를 게을리하지 말 일이다.

어느새 어깨동무해 줄 든든한 동반자들도 생겼고, 성실히 마련한 장비도 틈틈이 벼리어 왔으니 앞으로 3천6백5십일은 훨씬 더 즐기면서 갈 수 있지 않을까 싶다.

(2023)

# 앓던 이

어금니를 뽑았다. 중간에 충치가 생겨서 신경 치료하고 금으로 씌웠던 이다. 지금까지는 그럭저럭 달래가며 잘 써왔는데 쓸 만큼 썼나 보다. 치아 뿌리 쪽 잇몸이 붓고 아프기 시작했다. 가끔 부었다가는 가라앉고 하던 것이 요즘 들어 더 잦아졌다. 치과에서는 잇몸까지 망가지기 전에 임플란트 시술을 권유했다.

앓는 이 끌어안고 고생하느니 뺄 거면 빨리 빼는 게 좋을 것 같았다. 방과후수업이 없는 날을 골라 이를 뺐다. 마취했어도 헤집어 놓은 잇몸을 꿰맬 땐 꽤 아팠다. 일주일 뒤 실밥 풀고 나서 이삼 개월 기다렸다가 임플란트를 시술할 거란다. '앓던 이 빠진 듯 시원하다'라는 표현처럼 쑤시고 아프던 게 사라지니 말 그대로 살 것 같은 기분이다. 홀가분해지긴 했는데, 댕그라니 뽑혀 나온 어금니를 내려다보니 묘한 미안함이 밀려왔다. 왠지 오랫동안 무심히 써먹기만 하다가 병들자 내쳐버린 몸종 같아 마음이 짠했다.

신발을 보면 그 사람의 역사를 알 수 있다는 글을 본 적이 있다.

'이력서(履歷書)'의 '이(履)'자를 '신 리'와 '밟을 리'로 읽는다는 것이 그 근거라고 했다. 그런데 내게는 어금니가 이력서요, 지금껏 살아온 역사의 산증인인 것 같다.

첫 아이 임신해서 지독한 입덧에 시달릴 때 유일하게 먹었던 시퍼런 자두 맛, 나만 아는 그 맛을 누가 알겠는가. 하지만 내 어금니라면 어쩌면 나보다도 잘 기억하고 있을지 모른다. 엄마의 밥상은 물론, 학교 앞 분식집에서 친구들과 떠들며 먹던 달고 매운 떡볶이의 맛도 마찬가지다. 세상 고민 다 짊어진 듯 설익은 철학을 논하며 홀짝거리던 대학가 주점의 생맥주 맛도 어금니는 고스란히 기억하고 있을 터이다.

그러는 동안 한 번도 어금니를 걱정해서 음식을 가렸던 적은 없다. 딱딱한 견과류, 질긴 오징어, 찬 아이스크림, 뜨거운 호떡, 뭐든 내가 입에 넣는 것은 군소리 없이 다 씹어 으깨던 어금니. 그러다 서서히 망가졌겠지. 금이 가고 그 틈새로 충치균이 파고들어 썩어가다가 자기도 모르는 사이에 '앓는 이'가 되었으리라.

어릴 적 살던 고향 면 소재지에 병원이 하나 있었다. 유일한 병원이어서, 상처가 나도 머리가 아파도 귀나 이가 아파도 그 병원에 갔다. 병원에 가면 의사 선생님이 옷을 추켜올리고 차가운 청진기를 가슴에 댔다. 눈을 까뒤집어 보기도 하고, '아' 하라며 입을 벌리게 해서 납작한 쇠막대기로 목젖을 꾹꾹 눌렀다. 그리고 주사를 맞았다. 그게 너무 무서워서 병원에 가길 정말 싫어했다. 어금니가 썩었을 때도 버티다가, 버티다가 죽을 만큼 아파서야 병원에 갔다. 생각해 보니 이번에 뺀 게 바로 그 어금니 자리다. 무시무시한 펜치를 보고 눈물 콧물 난리를 피웠는데 정작 뺄 때는 안 아파서 신기했던 기억이 난다.

어릴 적에 이가 빠지면 어른들은 앞니 '빠진 갈가지'라는 노래를 부르며 올리곤 했다. 하지만 그 기억이 수치가 아닌 정겨운 추억으로 남은 걸 보면 놀림이라기보다는 서툰 사랑의 표현이었지 싶은 것이다. 그래서인지 나도 삼 남매를 키우며 그 노래를 불렀더랬다. '갈가지'가 새끼 호랑이(사투리)라는 것도 알려 주면서 말이다. 우리 아이들에게 는 어떤 추억으로 남았을지 모르겠다.

몇십 년을 무심히 쓸 때는 고마운 줄도 모르다가 망가지자마자 천 덕꾸러기 신세라니, 어금니 입장에선 억울하기 짝이 없었을 것이다. 사람 마음이 간사해서 음식을 먹을 때마다 제대로 못 씹는 건 그렇다 치더라도, 가만히 있을 때조차 욱신거리는 데는 고마운 마음은 온데 간데없어지는 것이었다. 차라리 없는 게 낫겠다는 생각까지 했으니 까. 새로 임플란트를 심고 나면 아예 기억에서 사라지려나.

뿌리째 빠져나간 어금니의 빈자리를 혀끝으로 확인하며 뭔지 모를 미안함에 고개가 숙어진다. 무심할 수 없는 내 마음과 달리 어금 니는 표정이 없다. 부디 고요하고 평화롭게 영면에 드시길 마음으로 빌어 본다.

혹시 나도 모르는 사이에 망가져 가고 있는 인연의 어금니는 없을 까 살펴야겠다.

(2023)

# 짐과 감정 사이

드디어 결정이 났다. 이사를 할 것인지와 리모델링을 해서 계속 살 것인지를 두고 가족회의를 했었다. 남편은 오래된 아파트에 돈 들이지 말고 차라리 새 아파트로 이사를 하자고 했지만, 나는 이 집을 고쳐서 계속 살고 싶었다. 깨끗하게 손봐 십 년을 더 행복하게 보낼 수 있다면, 그만한 가치는 충분하다고 남편을 설득했다. '집 안에 주로 머무는 사람은 엄마니까 엄마한테 맞추는 게 맞는 것 같다'라는 딸아이의 말이 결정적 요인으로 작용한 모양이다. 고맙게도 남편이 생각을 바꿔주었다.

나는 이 집을 떠나고 싶지 않았다. 세 아이가 차례로 성장하는 동안 소소한 일들이 고스란히 쌓인 집이다. 오래 살아서 구석구석 어디를 보아도 추억이 한 가지쯤 튀어나온다. 아이들이 결혼해 각각 자식을 낳아 이 집으로 다시 모여 옛이야기 해가며 또 다른 추억을 쌓아갈 집이 아닌가.

이 아파트로 이사 온 것은 12년 전, 큰딸이 중학교 진학을 앞두고 있을 때였다. 그즈음 애들 교육을 위해서 도시로 나가야 하는 것은 아닌지 진지하게 고민했다. 남편의 사업장이 여기 있으니 나간다면 나와 아이들만 이사해야 할 상황이었다. 그때는 가족은 함께 살아야 한다고 생각했다. 무슨 이유로든 떨어져 지내는 것은 아니라고 판단했고, 대신 새 아파트로의 이사를 선택한 것이었다.

그래서 그랬는지 처음 이사 왔을 때부터 이 집이 좋았다. 하지만 십오 년을 살고 보니 아파트는 여기저기 망가져 무엇 하나 번듯한 게 없었다. 원목 바닥이 군데군데 일어나서 맨발에 가시가 박혔다. 가까스로 기본적인 기능을 유지하고는 있지만, 벽지며 수도꼭지, 가구들까지 거의 수명을 다했다. 아무래도 대대적인 리모델링에 들어가야 할 것 같았다. 강산이 변하고도 남는 시간을 다섯 식구가 알뜰하게 써먹었으니 그건 어느 정도 예상했던 일이다.

문제는 따로 있었다. 게으르고 잘 버리지 못하는 데다, 팔랑 귀에 물건 욕심까지 많은 내 성향이 가장 큰 문제였다. 케케묵은 짐을 하나하나 꺼내고 보니 과장 좀 해서 족히 태산 하나를 만들어도 될 정도였다. 어디서부터 손대야 할지, 막막하기만 했다. 그동안 한 번도 찾지 않아서 있는지도 몰랐던 물건들이 어찌나 많은지. 혹시나 쓸까 꾸역꾸역 쟁여 놓았던 그릇들이며 읽어야지 눈독만 들이던 책들, 언젠가 입을 것 같아 옷장 가득 모셔둔 옷들 등 온통 물건들로 점령당한 느낌이었다. 나눌 수 있는 것은 필요한 지인에게 나눠주고, 나머지는 과감하게 버리기로 했다. 눈치만 보며 앉아 있는 쌍둥이 찻잔

세트, 주인이 살 빼기만을 기다리다가 세월과 함께 늙어버린 정장과도 이번만큼은 확실하게 이별하기로 했다.

집안 물건들만큼이나 정신없이 살아온 내 중년의 삶이 보인다. 이역시 오랫동안 쌓여온 생각과 관계들로 포화상태다. 버리지 못한 욕망과 미련이 켜켜이 내장지방처럼 껴있다. 이참에 내 인생도 리모델링을 해야 할까 보다. 정리의 기본은 과감하게 버리는 것. 용서할수 없었던 인연도, 사무치게 서운했던 기억도, 애써 감춘 아쉬움조차 미련 두지 말고 털어버리자. 강산이 변하도록 묵혀둔 감정이라면 버려도 상관없을 '짐'인 것이다.

집도 마음도 새롭게 바뀌면 『월든』의 소로처럼 살 수 있을까. 마음만은 나도 '자발적 빈곤'과 '간소화', 그 통나무집의 삶을 살아보고 싶다.

(2019)

# 3.

# 아버지의 정원

# 아버지의 정원

아버지의 정원은 사랑스럽다. 철마다 바람이 먼 데 소식을 실어 나르고, 꿀샘을 머금은 꽃들이 늦가을까지 꿀벌을 유혹한다. 산수유가 잎보다 먼저 노랗게 꽃을 피우면 이어서 금낭화가 청사초롱 예쁜 주머니를 줄줄이 달고 나온다. 그곳엔 천상의 선녀가 지상에 내려왔다가 떨어뜨린 비녀가 꽃이 되었다는 옥잠화가 살고 있다. 배고픈 며느리밥풀꽃의 슬픈 전설도 서려 있다. 구절초는 구월에 자르면 좋다고 해서 붙여진 이름이란다. 들여다보고 있으면 저마다의 사연들이 끊임없이 들려온다. 나는 이런 내 아버지의 정원이 좋다.

가끔 군더더기 없이 잘 쓴 글을 읽을 때가 있다. 문장이 매끄럽게 잘 다듬어져 있고, 적절한 비유와 유머, 신선한 발상으로 감탄이 절로 나오는 글을 만나게 되면 정말 기쁘다. 또 투박하지만, 오밀조밀 사람 냄새가 나고, 구석구석 뒤져보는 맛이 있는 그런 글을 읽으면 마음이 따뜻해진다. 그때마다 나도 그런 멋진 글을 써 보고 싶다고 생각한다. 하지만 나의 글쓰기는 좀처럼 키가 크질 않는다. 우리 가족 나무만큼이나.

친정아버지께서는 정년 퇴임을 하신 뒤, 옛날 집터 위에 새로 이
층집을 짓고 이사를 하셨다. 자식들이 모두 모인 날, 아버지는 정원
에 가족 나무를 하나씩 사다 심자고 하셨다. 각자 가정을 이루어 따
로 살아가는 자식들이 같은 정원에 뿌리내리고 사이좋게 살기를 바
라셨던 것 같다.

우리 가족은 은청가문비 나무를 심기로 했다. 소나뭇과의 이 나무
는 껍질이 회갈색이라 검은 피나무로 불리다가 가문비나무가 됐다는
설이 있다. 은청색이 감도는 잎의 색상과 원추형의 수형이 매우 아름
다워 고급 정원수나 기념 수로 많이 심어지는 나무다. '은청가문비'
라는 이름도 예쁘거니와 사계절 푸른빛을 잃지 않는 성정이 좋았다.
척박한 땅에서도 잘 자라는 강한 생명력으로 튼튼하게 뿌리를 내릴
것 같았다. 언뜻 보면 푸른 잎에 싸락눈을 살짝 뿌려 놓은 것 같아서
적당하게 자라면 크리스마스 시즌에 안개등을 달아도 근사할 것 같
았다. 어서 빨리 아버지의 정원에서 멋지게 자리 잡고, 찾아오는 모
든 사람을 맞이해줄 날을 기대했다.

쑥쑥 커 주기를 바라는 소망과는 다르게 우리 가족 나무는 한동안
자랄 기미가 보이지 않았다. 오빠네 자귀나무는 볼 때마다 쑥쑥 자라
있었고, 동생네 주목도 조금씩 자리를 잡아가고 있는데, 우리의 은
청가문비 만은 심었을 때 그대로인 것 같았다. 갈 때마다 들여다보며
거름도 주고 사랑스럽게 말도 걸어주건만, 난쟁이 똥자루처럼 여전

히 땅에 붙어 있는 녀석이 야속했다. 남편은 밑가지를 쳐주고, 근처에 성장을 방해할 만한 풀과 잡목들을 베어 주면서 더욱더 정성을 기울였다. 그래서일까 그 이듬해부터는 드디어 조금씩 키가 크기 시작했다. 워낙 더디게 자라는 수종인지라 눈에 보일 만큼은 아니었지만 갈 때마다 키가 자란 것을 느낌으로 알 수 있었다.

아버지는 야생화에 관한 책까지 발간할 정도로 야생화 사랑이 남다르셨다. 그래서 정원에 여러 종류의 야생화들을 심으셨다. 한번은 엄마가 김을 맨다는 것이 아버지의 야생초를 죄다 뽑아버린 일이 있었다. 사실 꽃이 필 때를 제외하고는 이것이 야생화인지 잡풀인지 구별하기가 어렵긴 했다. 밭에 풀하나 없이 농사를 지으시는 엄마에게는 여러 가지 나무와 풀들이 제멋대로 우거진 아버지의 정원이 마음에 들지 않았을 것이다.

"늬 엄마 좀 봐라. 이렇게 꽃나무 밑에 죄다 콩을 심어 놨단다."

"저 콩으로 밥을 하면 얼마나 맛있는 줄 아니?"

딱히 탓할 마음 없는 두 분의 실랑이가 정원을 더욱 정겹게 만든다. 올해도 엄마의 콩 덩굴은 홍매화 나무를 감고 올라갔다. 조만간 아버지의 밥상엔 모락모락 김이 나는 콩밥이 올라가겠지.

아버지의 정원은 넓은 잔디밭도 아니고 전지가 잘 된 소나무도 없다. 하지만 그저 우거진 덤불 속에서 소리 없이 피고 지는 꽃들의 수다를 말없이 들어주는 새들이 있다. 나비와 꿀벌이 전해주는 소문들로 온종일 술렁거리고, 해가 뜨고 지는 것을 따라 하루에도 열두 번씩 표정을 바꾼다. 어떤 날은 여왕보다 화려한 자태로, 어떤 날은 기품 넘치는 향기로 무한 매력을 발산한다. 그 변화무쌍함이 좋다. 그 속에서 부지런히 몸통을 불려 가고 있는 우리 삼 남매의 나무가 있어서 더욱 좋다.

은청가문비 나무가 자라 그 그늘에서 아버지가 땀을 식힐 때쯤이면 나의 글쓰기도 어느 정도는 자라있을까? 사람의 마음을 움직이는 글을 쓰고 싶다. 콩 덩굴에 기꺼이 허리를 내어주는 나무들이 살고, 소박하게 제 꽃을 피우는 야생화가 이야기를 멈추지 않는 아버지의 뜰 안에서, 분명 나의 글쓰기도 조금씩 살이 찌고 키가 커지고 있을 것이다. 눈에 보이지 않지만 매일 자라는 은청가문비처럼.

(2014)

# 어머니의 등


어머니에게서 전화가 왔다. 꼼짝할 수 없게 아프다신다. 며칠 전 대추나무 아래 풀을 뽑다가 등허리를 삐끗하셨다는 것이다. 곧바로 모시고 와서 한의원에서 침도 맞고 물리치료를 받게 해드렸다. 근육이 조금 늘어난 거라서 열흘 정도 통원 치료받으면 낫겠다는 말에 마음이 놓였다.

집으로 오니 목욕하고 싶다고 하셨다. 다친 뒤로는 제대로 씻지 못하셨던 모양이다. 욕조는 불편할 것 같아 샤워부스에 의자를 놓고 앉게 해드린 다음 물 온도를 적당히 맞춰 머리부터 감겨드렸다. 어머니의 하얀 머리카락은 명품 중의 명품이다. 숱도 많고 머리카락 전체가 깨끗하게 흰색이라 정말 우아하고 멋있다.

목뒤부터 아래쪽으로 때를 밀기 시작했다. 지우개 똥처럼 때가 떨어져 나온다. 전에도 가끔 등을 밀어드리곤 했지만, 평소 깔끔한 성격이라 이렇게 때가 나왔던 적은 거의 없다. 민망해하시는 어머니 모습이 마치 여름방학 내내 물가에서 노느라 얼굴만 새까맣게 탄 개구쟁이 아이 같다.

휘어지고 굽은 등을 미는데 울퉁불퉁 손이 걸린다. 부모는 자식 뒷바라지에 등골 휘는 줄 모른다더니, 척추 마디마다 칠 남매 키워낸 삶의 무게가 고스란히 걸려 있는 듯해 마음이 짠하다. 훅 올라온 더운 김에 쓸쓸함이 서려 눈앞이 뿌옇다. 문득, 최민자 수필가의 「외로움이 사는 곳」이 떠올랐다. 외로움은 아무리 애를 써도 만져지지 않는 견갑골 등성이 아래 후미진 골짜기에 숨어 산다고 했다. 오직 나 아닌 타자(他者)만이 만져 줄 수 있는 곳에.

어머니의 외로움이 어느새 기세등등 등판에 자리를 잡아버린 것일까. 등을 넘어 이미 어깨와 허리까지 침범했는지도 모르겠다. 나는 어머니의 외로움을 없애기라도 할 것처럼 천천히 발끝까지, 최대한 꼼꼼하게 밀어드렸다. 몽글몽글 몸에 덮인 우울의 비누 거품까지 샤워기로 깨끗이 씻어내린 뒤 수건으로 물기를 닦아드렸다.

"아, 이제 개운하다!"

어머니 말씀이 곧 내 마음이다.

시골에는 우리 어머니처럼 혼자 사는 노인이 꽤 많다. 몸을 움직여 텃밭을 가꾸며 채소라도 자식들에게 건네줄 수 있는 것이 고맙다는 부모님들이다. 평균 수명이 높아진 만큼 노인으로 살아갈 시간이 많아진 요즘은 소득 지원이나 건강 관련 사업, 돌봄서비스 등 노인을 위한 여러 가지 정책이 많다. 하지만 변화된 사회와 가족 형태에 따른 노인 부양 문제는 고령화 시대를 사는 우리가 더 고민해야 할 숙제인 것 같다.

언젠가 TV에서 소개하는 네덜란드의 호그백(Hogeweyk) 마을을 유심히 보았다. 호그백은 마을형 치매 요양 시설이다. 곳곳에 설치된 CCTV와 수많은 훈련된 직원이 마을 주민으로 위장해 함께 살아가면서 그때그때 필요한 지원을 해주는 가운데 치매 노인들이 자유롭게 생활하고 있었다. 기존의 의료적 접근이 아닌 사회적 접근으로 치매 문제를 풀어갔다는 점에서 매우 흥미롭고 인상적이었다. 치매 노인 대부분이 요양원에서 제한적인 삶을 살다가 죽음을 맞이하는 우리나라도 이런 사회적 접근이 필요할 것 같다.

누구도 피해 갈 수 없는 노년을 아름답고 행복하게 마무리할 수만 있다면 얼마나 좋을까. 인생살이에 정답은 없겠지만, 미리미리 몸과 마음의 건강을 잘 관리해야겠다는 생각이 든다. 외로움이 들어앉을 틈이 없도록.

(2020)

# 천 번의 고백

요즘 좋은 일이 자꾸 생긴다. 아무래도 지금부터 내가 하려는 그일 때문인 것 같다. 저녁 설거지를 서둘러 끝내고 나갈 채비를 했다.

현관에서 신발을 신고 있는데 밖에서 비 오는 소리가 들린다. 창문을 열고 내다보니 오랜만에 주룩주룩 비가 내린다. 가뭄 끝에 단비다. 반가움도 잠시, 그럼 오늘은 못 나가나 싶어 망설이다가 무작정 큰 우산을 골라 들고 밖으로 나왔다.

이 년 전 수술을 받은 후로 약해진 몸을 회복하기 위해 지난봄부터 걷기운동을 시작했다. 읍사무소를 돈다고 해서 '읍돌이'라고 이름을 붙이고, 거의 매일 밤 한 시간씩 걷고 있다.

약간 높은 지대에 청사가 위치한 읍사무소는 그 앞쪽으로 아담한 정원을 품고 있다. 평상시 차를 타고 지나칠 땐 아기자기한 모습을 제대로 보지 못한다. 그런데 청사 앞에 서서 내려다보면 조화롭게 어우러진 나무들과 고즈넉한 정자, 분수가 있는 작은 연못, 그 위 구름다리의 난간을 따라 심어 놓은 페츄니아 꽃이 참 예쁘다. 정원을 둘러싼 이 길이 바로 밤마다 내가 걷는 둘레길이다. 집에서 가깝고, 어느 정도 경사가 있어서 걷기운동을 하기에는 최적의 장소다.

처음엔 한 바퀴만 돌아도 숨이 차고 힘이 들었다. 그래서 천천히 몸이 허락하는 만큼만 걸었다. 그러던 것이 일주일쯤 지나니 쉬엄쉬엄 열 바퀴 정도는 돌 수 있게 되었다. 늘 음악을 들으며 걷곤 했는데, 어느 날 깜빡 잊고 이어폰을 안 가지고 나간 적이 있었다. 사방이 고요한데, 달빛 아래 아무 생각 없이 원을 그리며 돌다 보니 마치 어느 절 마당에서 탑돌이를 하고 있다는 착각이 들었다. 마침, 고3 아들녀석이 중간고사를 앞둔 것이 생각나 내친김에 아들을 위해 기도하기 시작했다. 그때부터 '읍돌이'는 가족을 위해 기도하는 '탑돌이'로 변했다.

세 아이와 남편을 위해 빌어주는 그 시간은 하루 중 가장 중요한 일과가 되었다. 매일 밤 거룩한 의식을 행하듯 걸었다. 이 땅의 수험생으로 힘든 시간을 보내고 있는 아들을 위해 마음을 모으고, 이 시대의 청년으로 치열한 삶의 현장 속에서 고민하며 길을 찾아가고 있는 두 딸을 생각하며 땀이 흥건할 때까지 기원의 발자국을 찍었다. 남편을 위해 기도하며 걷다 보면 간혹 낮 동안에 섭섭했던 일도 흐지부지 풀리곤 했다. 덩달아 좋아진 것이 더 있다. 열 바퀴를 쉬지 않고 돌아도 완전히 바닥나지는 않을 만큼 체력이 튼튼해졌다는 점이었다.

그러다 어느 순간부터 그 기도는 고백으로 바뀌었다. 자식이 공부 잘하기를 바라고, 남편 하는 일이 잘 되기를 기원하는 마음조차 어찌면 욕심일지 모른다는 생각이 들었기 때문이다. 욕심 같은 기도 말고, 차라리 사랑 고백을 하자고 마음먹었다. 그즈음엔 운동량도 스무 바퀴로 늘어나 있었다. 한걸음에 한 글자씩, 이름을 불러가며 고백했다. 첫 바퀴는 아들, 두 번째 세 번째는 딸들, 네 번째는 남편. 그리고 마지막으로 나 자신에게도 사랑을 고백했다. 일삼아 헤아려보니, 한 바퀴를 돌면 오십 번의 고백을 하게 되고, 다섯 식구 순서대로 네 바퀴씩 반복하면 스무 바퀴를 도는 동안 천 번의 고백을 하게 되는 셈이었다. 그때부터였던 것 같다. 이상하게도 매사에 신이나고 무슨 일을 해도 다 잘될 것 같은 생각이 들었다.

비 오는 밤 읍사무소는 조용하다. 간간이 마주치던 사람들조차도 나오지 않았다. 남편에게 고백할 차례가 되자 아침에 청소기를 밀어주던 남편 모습이 떠오른다. 요즘 남편이 자주 집안일을 도와준다. 부탁하지 않아도 분리수거를 도맡아 하고, 종종 나의 컨디션까지 살펴준다. 예전에 한번 청소기 돌려 달라는 말에 청소기 손잡이를 돌려놓던 남편이었다.

쑥스러움이 많은 나로서는 남편이 요즘 고맙고 사랑스러우면서도 그것을 말로 표현하기가 영 어렵다. 고작해야 좋아하는 반찬을 한가지 더 해주는 정도다. 그래서인지 자연스럽게 사랑한다는 말을 주고받는 사람들을 보면 무척 부럽다. 에라, 모르겠다. 보는 사람도 없는데 연습이나 한 번 해볼까? 한 발짝에, 한 글자씩. 속으로 숱하게 중얼거리던 그 말을 소리 내서 말해본다.

"여, 보, 사, 랑, 해.  여, 보, 사, 랑, 해….  "

이렇게 자꾸 연습하다 보면 언젠가는 자연스럽게 그 말이 나올지도 모른다. 의욕이 앞서자 목소리가 점점 더 커졌다. 하지만 반 바퀴 만에 멈추고 말았다. 이미 열다섯 바퀴를 돌아 가뜩이나 힘든데 말까지 하려다 보니 순전히 숨이 찼기 때문이다. 호기롭게 시작했던 고백 연습은 제풀에 다시 목구멍 안 깊은 곳으로 숨어 들어가 버렸다. 그럼 그렇지, 사랑한다는 말을 입 밖으로 내는 일이 그렇게 쉬울 리가 없지.

오늘은 마지막 바퀴를 돌고도 덜 힘든 것 같다. 한 바퀴만 더 돌까? 불현듯 떠오른 지인을 생각하며 한 바퀴를 더 돌았다. 매일 한 바퀴씩만 더 돌면 내가 아는 모든 사람에게 차례로 사랑을 고백할 수도 있겠는데? 내일부터는 한 바퀴씩 더 돌아야겠다.

나는 매일 밤 천 번씩 사랑을 고백하는 여자다. 문득, 내가 돌아간 뒤 혼잣말처럼 찍어 놓은 수많은 고백의 발자국들이 제 주인을 찾아 저벅저벅 걸어가는 행복한 상상을 해본다. 그 발자국들이 누군가의 마음에 닿아 기분 좋은 내일을 선물할지도 모른다.

집으로 돌아가는 길, 나대지 공터에서 흘러내린 빗물이 잠깐 사이에 도랑을 만들어 콸콸 쏟아지고 있다. 목말랐던 대지가 빗물을 들이키는 소리 같아 내 가슴이 다 시원하다.

내일은 또 어떤 좋은 일이 내게 찾아올까.

(2015)

# 아버지와 잣나무

친정집 김장하는 날이다. 해마다 우리 삼 남매와 사촌들까지 여섯 집이 모여 김장을 한다. 빈 통 들고 왔다가, 사랑까지 꾹꾹 눌러 담아 김치 통을 채워 돌아간다. 김장을 끝내고 하나둘 저마다 묵직한 엔진소리를 내며 떠났다. 동생네와 우리만 남았을 때, 동생이 카메라가 장착된 드론을 들고나왔다. 신배나무골에 가서 항공촬영할 거란다. 얼른 따라나섰다.

차로 잠깐을 달려 정상에 도착했다. 걸어서 한참을 가야 했던 길을 이제는 임도(林道)가 뚫려 꼭대기까지 차를 타고 올라갈 수 있게 되었다. 벌목했다는 얘기를 듣고 오긴 했지만, 이렇게 민둥산이 되었을 줄은 생각지도 못했다. 친환경 벌채 기준에 따라 군데군데 몇 무리의 잣나무들만이 남아 있었다. 내 기억으로는 제법 깊고 험했다고 생각했는데 눈앞의 알몸을 드러낸 산은 아담하고 얌전하다. 어림짐작으로 잣 따던 일꾼들에게 밥을 해주던 장소를 찾아보았다. 저 아래 바위 언저리 어디쯤인 것 같은데 옛 모습이 아니다.

외눈박이 드론의 날개가 움직이기 시작한다. 분봉할 때의 벌떼 같은 소리를 내며 떠오른 녀석은 머리 위를 크게 한 바퀴 돌며 하늘 위로 멀어진다. 녀석을 눈으로 좇으며 우리는 손을 흔들었다. 고개를 한껏 젖히고 손 흔드는 우리들의 모습이 고스란히 핸드폰 화면 속으로 들어온다. 이내 사람도 마을의 집들도 점점 작아져 거대한 산속으로 빨려 들어간다. 화면에는 이제 모든 지형지물이 위성사진처럼 바뀌어 있다. 녀석은 마침내 점이 되어 시야에서 사라졌다.

어릴 적, 여기 신배나무골 산에서 잣을 딸 때면 솥단지를 짊어지고 와서 직접 일꾼들의 점심밥을 해주었다. 나는 밥 해주시는 아주머니를 따라와서 옹달샘에서 물을 떠 온다거나 하는 잔심부름을 했지만, 대부분은 숲을 돌아다니면서 놀곤 했다. 근처를 이리저리 바장이다 지치면 깔아 놓은 멍석에 누워, 겹친 가지 사이로 희끗희끗 비치는 하늘을 올려다보았다. 사철 벼려져 단단해진 침엽(針葉) 사이로 햇빛도 바람도 솜털처럼 내려앉던 곳. 새소리와 물소리 말고는 시간이 흘러가는 어떤 징후도 느껴지지 않던 순간. 까무룩 잠에 빠져들던 기억까지도 너무 선명하다. 이름만 들어도 마음이 편안해지는 곳, 내 기억 속 신배나무골은 울창한 잣나무 숲으로 덮인 안전하고 사늑한 요새였다.

그 당시 우리 집은 열 식구였다. 고모가 셋, 삼촌이 둘, 오빠, 나, 남동생까지 여덟 명이 모두 두세 살 터울이었다. 초등학교 선생인 아버지 혼자 벌이로 그 많은 식구를 건사하는 것이 어찌 녹록할 수 있었으랴. 식구들은 너나 할 것 없이 매사에 아끼는 법부터 먼저 배웠다. 볼펜 깍지에 몽당연필을 끼워 쓰고 공책 표지 안쪽까지도 꼬박꼬박 줄을 그어 썼다. 물감이나 크레파스, 리코더 같은 학습 도구들은 당연히 다 같이 돌려가며 쓰는 것인 줄 알았다. 하지만 아무리 근검절약한다 해도 살림은 늘 빠듯할 수밖에 없었다. 그래서 그랬는지 논밭 농사 말고도 항상 누에치기나 꿀벌 치기 같은 다른 일이 많았다. 그중 목돈으로 가정경제에 가장 도움을 준 것이 잣 농사였다.

잣 농사는 고소득을 얻을 수 있는 효자 작물이었다. 그러나 수확하는 일이 만만치가 않았다. 지금은 '탈잣기'라는 기계를 이용하여 잣을 골라내지만, 예전에는 모든 것을 수작업으로 했다. 나무에 직접 올라가서 잣송이를 따다가 잠실마당에 쌓아놓으면 산처럼 수북했다. 어느 정도 송진이 마르면 잣송이를 일일이 나무망치로 부숴 탈곡했는데, 깍지에서 떨어지지 않은 잣은 하나하나 손으로 발라내야 했다. 그 일은 시간이 많이 드는 작업인지라 깍지 더미로 일단 쌓아놓았다가 일거리가 없는 겨울에 했다. 엄마는 잣 한 알이라도 더 발라내려고 겨우내 얼음 섞인 잣 북데기를 뒤적이셨다. 그 옆에 쪼그리고 앉아서 잣을 골라 바가지에 담으면 가끔 용돈을 조금 주셨는데, 그 돈으로 가게에 가서 별사탕이 들어있는 라면땅을 사 먹곤 했다.

몇 년 전, 서울 지역에서 소나무재선충에 감염된 소나무가 확인되었다는 보도가 있었다. 확산 속도로 보아 머지않아 우리 산의 잣나무들도 병에 걸리게 될지 모를 일이었다. 만약 잣나무 중 하나라도 감염이 된다면, 전염을 막기 위해 전부 베어내는 것은 물론이고, 이후 땔감이나 다른 어떠한 용도로도 사용하지 못하고 완전히 폐기해야 한다. 한편 산림청에서 특별법까지 만들어가며 더 확산하지 않도록 백방으로 애쓰고 있으니까, 어쩌면 우리 산은 안전할 수 있을지도 모른다. 그러면 지금까지처럼 해마다 잣을 딸 수 있을 것이다.

아버지의 고민은 길게 이어졌다. 이태를 두고 엎치락뒤치락 고심한 끝에 몇 달 전, 결국 벌목하기로 했던 것이다. 아쉽더라도 지금 베면 훌륭한 목재로 활용할 수도 있고 또 다른 조성계획을 세워볼 수 있다는 계산에서였다. 목상을 불러 나무를 베어가라 하기 전에 아버지는 잣나무를 찾아가 세 번 절을 하고 오셨다고 했다. 나무 곁에서 한참을 서성였을 아버지의 모습이 잠깐 머릿속에 그려졌다. 얼마나 고맙고, 또 미안하셨을까. 그 심정이 헤아려져서 가슴이 먹먹했다.

외눈박이가 돌아온다. 떠날 때처럼 머리 위를 한번 선회하고는 느긋한 날갯짓으로 내려앉는다. 부드러운 천으로 눈을 닦아 제집에 도로 넣고, 봄 되면 고사리 꺾으러 다시 와보자며 차에 올랐다. 돌아오는 동안에 베어진 잣나무들이 어떻게 되었을지 상상했다. 오랫동안 나이테 속에 품어 왔던 붉은 속살과 유려한 무늬를 뽐내며, 어딘가에서 새로운 인생을 꿈꾸고 있을지도 모르겠다.

김치 통들을 챙겨 나오는데, 거실문 옆에 걸려 있던 흑백사진이 새삼 가슴으로 들어온다. 지금은 사라진 옛날 집의 안채 툇마루에 아홉 명의 식구가 나란히 앉아 있는 사진이다. 어느 볕 좋던 날 아버지가 직접 찍어주셨던 기억이 난다. 카메라 렌즈 안에서 일제히 당신을 바라봤을 열여덟 개의 올망졸망한 눈망울이 하마 버겁진 않으셨을까.

이제는 하고 싶은 것 맘껏 하며 사셨으면 좋겠다. 지난(至難)한 세월의 더께로 가려졌던 아버지 본래의 색과 결을 살려 환하게 빛나시기를….

(2017)

# 도장집

인감도장을 찾았다. 플라스틱 둥근 막대 모양 안에 작은 소라껍데기와 수초 몇 가닥이 들어있는 뿔도장이다. 지난달에 인감도장을 쓸 일이 있어 늘 두던 책상 서랍을 열었는데 도장이 없었다. 다른 서랍들도 다 열어봤지만 안 보였다. 수납 상자들과 모든 가방 속을 하나하나 샅샅이 뒤졌는데도 나오지 않으니 귀신이 곡할 노릇이랄밖에.

아무래도 밖에서 잃어버렸다고 판단하고 결국 며칠 전에 인감을 서명으로 바꿔버렸다. 그런데 오랜만에 들고 나선 남색 손가방 안쪽 지퍼 주머니에 뭔가 있었다. 그렇게 찾았던 도장이 얌전히 들어앉아 있는게 아닌가. 어이가 없었다. 자주 들고 다녔던 가방이라 그때 분명히 몇 번이고 꼼꼼히 찾아봤을 텐데 알다가도 모를 일이다.

어쨌든 다시 찾게 되니 감회가 새롭다. 중학교 입학할 때 아버지가 선물해 준 나의 생애 첫 도장이다. 어린 시절 우리 집은 식구가 많아 물건을 물려 쓰거나 나눠 쓰는 것이 일상이었다. 그런데 절대같이 쓸 수 없는 나 혼자만의 소유물이 생긴 것이다. 거기에다 모양까지 특별하고 예쁜 뿔도장이라니. 얼마나 기분이 좋던지 한동안 쓸데없이 신문지에 도장을 찍기도 했다. 학교에서 통장을 만드는 날, 친구들은 대부분 타원형의 평범한 나무 도장을 가지고 왔다. 그때 내 손에는 아주 동그랗고 바닷속같이 신비로운 뿔도장이 있었다. 우쭐해진 기분에, 열심히 공부해서 부모님께 꼭 보답하리라 나 혼자 비장했었다.

하나밖에 없는 딸이 자신감 넘치며 당당하길 바라는 마음에서 아버지는 뿔도장을 고르셨을 것이다. 이 도장이 자신의 욕심을 채우는 일보다는 다른 사람을 돕는 일에 쓰이길 바라셨겠지. 도장을 찍은 책임을 확실하게 지는 딸이었으면 하셨을 것이다. 그래서 나는 도장 찍을 일에 앞서 항상 신중해지려고 노력해 왔다.

나는 얼른 도장집을 마련했다. 배에 지퍼가 있어 도장을 넣고 꺼내기 쉬운 물고기 모양의 가죽 도장집이다. 옛날 사람들은 물고기가 잠을 잘 때도 눈을 뜨고 있어 항상 나쁜 것을 경계하며 귀한 것을 지켜준다고 믿었다. 그래서 물고기 그림을 다락이나 벽장문에 붙여두거나, 뒤주의 자물쇠를 붕어 모양으로 만들었다고 한다. 의미를 생각하니 도장집이 더욱 마음에 든다. 다시는 잃어버리지 않고 잘 간직해야지.

작년 가을, 자기관리에 철저했던 아버지가 갑자기 뇌경색으로 쓰러지셨다.

"걱정 마, 내가 꼭 이겨낼 거니까."

늘 우리에게 본을 보여주셨고 지키지 못할 약속은 하지 않았던 아버지셨다. 그래서 '이겨낼 거'라는 그 말을 철석같이 믿었다. 투병 생활 반년 만에 우리 곁을 떠나셨지만, 마지막 순간까지 포기하지 않으셨다는 것을 안다. 그래서 나는 아버지가 약속을 지키셨다고 생각한다.

하늘이 유난히도 파랗고 맑은 날 마을이 내려다뵈는 선산에 아버지를 모셨다. 머리 위로 커다란 새 한 마리가 높이 날며 천천히 선회하고 있었다. 한동안 TV 속 장면인 양 실감하지 못했다. 사십구재 무렵부터 시도 때도 없이 눈물이 나기 시작했다. 하늘만 파래도 그날이 떠오르고, 날이 맑거나 바람이 좋아도 아버지 생각이 났다. 생전에 잘못했던 것만 떠오르고 가슴이 자꾸 먹먹했다. 그때 내 가슴 속에는 수시로 여닫을 수 있는 마음 집이 생겼다.

지금도 가끔 마음 집이 열리면 아버지가 그리워 왈칵 눈물을 쏟곤 한다. 그럴 때 나는 도장집을 열어 뿔도장을 꺼낸다. 그러고는 선명하게 외로 새겨진 글자를 하나씩 확인해 보는 것이다. 딸이 편안하게 살기를 바라서 아버지가 지어주신 이름 석 자를.

(2019)

# 청록색 코트

친척 집 혼사가 있었다. 결혼식장이 마침 작은딸이 사는 오피스텔과 5분 거리에 있어서 예식이 끝나고 바로 딸네 집으로 갔다. 큰딸은 벌써 와 있었다. 서울 온 김에 셋이 만나서 곧 있을 작은딸 상견례에 입을 옷을 사러 가기로 약속해 두었던 차다.

백화점으로 갔다. 몇 군데 매장을 돌며 옷을 입어 보았다. 상견례용이다 보니 평소에 잘 입지 않던 정장 종류로 보았다. 얌전한 디자인의 니트 정장이 맘에 들었다. 나중에 입어 본 편한 소재의 원피스도 괜찮았다. 이렇게 두 개를 물망에 올렸다가 고민 끝에 평상시에도 잘 입을 듯싶은 원피스로 결정했다.

그런데 가격이 만만치 않았다. 이렇게 저렇게 할인 들어가고 백화점 회원 카드 적용하더라도 너무 비쌌다. 작은딸이 사준다고 하니 눈 딱 감고 그냥 살까도 했지만, 백여만 원이나 하는 옷을 입기는 좀 부담스러웠다. 일단 스타일과 브랜드를 알아놓았으니, 다른 날 할인 매장에 가보기로 하고 저녁부터 먹자고 했다.

오랜만에 인도 음식으로 맛있는 저녁을 먹고 다시 작은딸 집으로 돌아왔다. 이제 본격적인 수다 삼매경이다. 우리가 모인 진짜 목적은 정작 이것이었는지도 모른다. 이런저런 추억들을 소환해 가며 한참을 이야기하던 중 청록색 코트 이야기가 나왔다. 벌써 20년도 더 지나간 일인데도 심장 한쪽이 찌르르 옥죄어 온다.

큰딸이 초등학생 때 한창 아나바다(아껴 쓰기, 나눠 쓰기, 바꿔 쓰기, 다시 쓰기) 운동이 유행했었다. 가끔 학교에서 '바자회'라고 해서 안 쓰는 학용품이나 책, 장난감, 작아진 옷 등을 기부받아 학부모회 주간으로 알뜰장터가 열리고는 했다.

어느 날 학교에서 돌아오는 큰딸 품에 무슨 큰 보따리가 있었다. 뭐냐고 하니까 엄마 옷이라며 짙은 청록색의 겨울 코트를 내놓았다. 앞부분에 뭔가가 치렁치렁 달려 있고 크고 길고 무겁고 투박한 모직 코트였다. 바자회에서 그 옷을 판 학부모가 너희 엄마는 키가 크니까 잘 어울릴 것 같다며 엄마가 좋아하실 것이라는 말에 딸애가 그 날의 용돈을 다 주고 사온 것이다. 하지만 디자인도 크기도 내 스타일이 아니었다. 입어 보라는 아이한테 겨울 되면 입겠다며 한옆으로 밀어 두었다가 나중에 슬그머니 재활용 옷 수거함에 가져다 넣었다.

그 생각만 하면 지금도 가슴에서 뭔가가 툭 끊어지는 느낌이 든다. 엄마라는 사람이 어떻게 그럴 수 있었을까. 학교 앞 문방구로 가서 쮸쮸바 물고 오락 한 판 하고 싶었을 텐데, 500원을 손에 들고 큰딸은 고민했을 것이다. 먹고 싶은 것, 하고 싶은 것 다 참고 엄마를 위해 코트를 샀겠지. 엄마가 기뻐할 생각에 친구가 놀자는 것도 뿌리치고 땀을 뻘뻘 흘리며 달려왔을 터였다. 그 마음을 몰라주었던 나의 무신경함을 뒤늦게 깨닫고는 가슴이 미어졌다. 오래도록 후회하고 또 후회하는 일이다.

한 잡지에서 본 인터뷰 기사가 생각난다. 이기호 소설가에게 부모가 된 뒤 달라진 점을 물으니 "아이를 키우는 일은 기쁜 건 더 기뻐지고 슬픈 건 더 슬퍼지는 일이다."라고 답했다. 그 질문을 나에게 한다면, 나는 여기에 하나를 더 보태고 싶다고 생각했다. '아쉬운 일은 점점 더 아쉬워지는 것'이라고.

마음에 안 들고 좀 텁더라도 아이 앞에서 그냥 한번 입어 볼걸. 코트를 걸치고 패션쇼 하듯 모델처럼 한번 거실을 왔다 갔다 해줄걸…

(2022)

# 경자년(庚子年)의 설

우리 다섯 식구 나란히 세배를 올린다. 올해는 아버지 없이 친정 엄마 혼자 세배를 받으셨다. 아버지가 돌아가시고 내내 말썽이던 엄마의 왼쪽 무릎이 퉁퉁 부어 있다. 만져 보니 따끈하게 열감이 느껴진다. 며칠 뒤에 아산병원에 진료를 예약해 둔 상태이다. 무릎을 주무르다가 눈이 마주치자 엄마가 울컥 눈에 눈물을 보이신다. 아들 며느리, 손자 손녀 앞에서는 잘 참았는데, 네 얼굴을 보니 눈물이 난다며 결국 우신다. 나도 따라 눈물 바람이다.

아버지가 안 계신 설은 상상도 못 한 일이다. 오늘은 아버지의 덕담 한마디 없이 떡국을 먹었다. 그것이 이상하면서도 묘하게 자연스럽다. 별일 없는 듯 TV를 보고 과일을 먹으며 담소를 나눈다. 오래도록 그래왔던 것처럼 익숙하게도 느껴진다. 정말 우리끼리 이래도 되는 걸까. 우연히 눈이 간 현관문 유리창에 '입춘대길(立春大吉)'과 '건양다경(建陽多慶)'이 앞뒤로 등을 맞대고 붙어 있다. 그 아래 중간 창에는 웃음 소(笑)자가 웃고 있다. 이태 전 입춘 날에 아버지가 써서 붙였던 입춘첩(立春帖)이다. 새로 쓸 사람이 없으니 올해에도 저 글자들이 새봄을 맞이하겠지. 문득 저 글씨가 쓰였을 그 새벽을 상상해 본다.

동트기 전이다. 평소와는 다르게 아버지가 먼저 일어나 거실 큰 등을 켠다. 해마다 그랬듯이 몸과 마음을 정갈하게 하고 책상 앞에 앉아서 먹을 간다. 현관문으로 가서 아치형으로 생긴 위쪽 유리창에 한지를 대 보고는 모양대로 여덟 장을 오린다. 그리고 한지를 한 장 더 가져와 아래쪽 중간 유리창 크기에 맞춰 직사각형 모양으로 한 장을 더 오린다. 붓을 들어 먹물에 흠뻑 담갔다가 벼루 위에서 몇 번 고른다. 우선 연습 종이에다 써 본다. 맘에 들지 않는다. 여러 번 연습을 거듭하니 비로소 흡족하다. 아까 오려둔 한지에 천천히 한 글자씩 쓴다. 入. 春. 大. 吉. 建. 陽. 多. 慶.

마지막 남은 직사각 한 장에는 무슨 글자를 쓸까. 잠시 고민하시더니, 입가에 미소를 머금은 아버지가 다시 붓을 드신다. 竹은 양 눈썹 아래 동그란 눈처럼, 아래 天는 입꼬리를 올리듯 양 끝을 위로 삐쳐 쓴다. 좌우대칭, 뒤집어도 같은 모양의 웃음 소(笑)자가 완성된다. 글자가 웃는 얼굴 같다. 아버지도 활짝 웃으신다. 이제 문 앞으로 걸어가 묵은 글자들을 떼어내고 새로 쓴 입춘첩(立春帖)을 붙이신다. 이 문을 통해 드나들 모든 이가 한 해 동안 복 많이 받고 건강하기를, 또 늘 행복하게 웃음 짓기를 경건하게 기도하신다. 그 사이 밖이 환하게 밝았다. 어느새 곁으로 다가온 엄마와 함께 현관문을 활짝 열고, 진즉부터 문밖에서 서성이던 봄이란 녀석을 맞이한다.

살아계셨다면 올봄에도 새로 입춘첩을 쓰셨을 텐데…. 문에 붙어 있는 마지막 글씨만이 아버지의 존재를 증명하며 해를 묵어 새봄을 맞을 것이다.

아버지 산소에 가기 위해 다 같이 산을 오른다. 지난 추석에 땅벌집을 소탕하느라 법석을 떨었던 지점을 지나자 경사가 급해진다. 숨소리가 거칠어진다. 이보다 더 힘들더라도 아버지를 뵐 수만 있다면 얼마나 좋을까.

아버지 묘석 앞에서도 나란히 서서 절을 올렸다. 햇볕이 따사롭게 내리쬐는 가운데, 아이들이 몇 가지 외할아버지와의 추억을 조심스레 꺼낸다. 그러고는 한동안 아무 말이 없다. 말하지 않아도 서로의 마음을 다 아는 듯. 처음 이곳에 모시던 날처럼 사방은 고요하고 평화롭다.

'아버지, 엄마 병원 가는 날 석정이가 운전해서 잘 모시고 다녀올게요. 그리고 소정이 상견례 날짜 잡았어요.'

칭찬도 해주고 무척 기뻐하셨을 텐데, 이제는 내 자랑을 들어줄 아버지가 안 계신다.

익숙한 듯 낯선 경자년의 설이 이렇게 지나고 있다.

(2020)

# 댕강나무꽃이 피면

곧 아버지 기일이 다가온다. 4년이라는 시간은 어떻게 보면 훌쩍 지나간 것 같기도 하고, 또 어찌 보면 더디게 흘러간 듯도 하다. 잘 지내다가도 한 번씩 툭툭 아버지 생각이 난다. 그럴 때면 마치 멈춘 듯 길고 서늘한 시간에 잠겨 아버지의 부재를 잊어보려 애쓰곤 했다. 그런데 요즘은, 이제 애쓰지 않아도 평온하다. 몽테뉴의 '어떤 기억을 얼마나 남길지는 우리의 소관이 아니다'라는 말뜻을 조금은 알 것 같다.

백야수목원에 갔다가 댕강나무꽃을 보았다. 아버지는 댕강나무꽃을 좋아하셨다. 친정집 앞마당 댕강나무에 다복다복 꽃송이가 흐드러지면, 지나가던 사람들도 그 짙은 향에 발길을 멈추곤 했다. 아버지는 소일삼아 벌을 몇 통 치셨다. 어린 시절, 아버지 옆에서 벌집을 들여다보며 곧잘 몸집이 좀 큰 수벌과 배가 뚱뚱한 여왕벌을 찾아내며 놀았다. 그럴 때마다 아버지는 일벌의 부지런함과 꿀벌 사회의 질서, 각각의 역할 같은 이야기들을 들려주셨다. 평소에는 엄하시던 아버지도 그때만큼은 자상하게 이것저것 알려주셨던 것 같다.

꿀벌들은 오달지게 핀 댕강나무 꽃송이마다 파고들어 끊임없이 꿀을 따 날랐다. 그래서 아버지가 주신 꿀에서는 항상 댕강나무꽃 향기가 났다. 어쩌면 아버지가 이 꽃을 특별히 좋아하신 이유가 최상의 밀원(蜜源)이어서였는지도 모르겠다.

5년 전 가을, 아버지는 대장내시경 검사를 받기 위해 상시 복용 중이던 혈전용해제를 며칠 끊으셨다. 그로 인해 생긴 혈전이 뇌혈관을 막아 갑자기 쓰러지신 것이다. 집 근처 병원과 서울아산병원을 오가며 해를 넘기도록 치료를 이어가다가, 마지막으로 서울 병원으로 옮기시던 날 집에 잠깐 들르셨다. 아직은 쌀쌀함이 감도는 이른 봄이었다. 잎눈 하나 없는 앙상한 댕강나무 아래에서, 나뭇가지만큼이나 여윈 모습의 아버지는 휠체어에 앉아 한참 동안 햇볕을 쬐셨다. 그러고는 학교 가기 싫은 아이처럼 마지못해 차에 오르셨다. 그렇게 가신 길을, 댕강나무꽃이 한창일 때 바람이 되어 돌아오셨다.

발인 날, 장손자는 아버지 사진을 품에 안고 집 안팎을 한 바퀴 돌고 나서 그 꽃 앞에 오래 멈추고 있었다. 아무도 말하지 않았지만 그 시간 모두의 마음속에는 꽃을 보며 활짝 웃으시던 아버지가 있었으리라. 나는 그때 혹시 아버지가 떠날 날을 스스로 정하신 건 아닐지 생각했다. 유난히 아끼던 꽃이 활짝 피어난 날에 아픈 육신의 옷을 벗어놓고 자유를 찾으신 것일지도.

그해 여름, 우리는 아버지 없이 꿀을 뜨게 되었다. 꿀 뜨는 일은 이른 새벽 벌이 활동을 시작하기 전에 시작되는데 힘들고 잔손이 많이 가는 일이다. 그동안 한 번도 거들지 못했다는 생각에 또 가슴이 미어졌다. 작업은 오전 내내 이어져 정오가 지나서야 마무리되었다. 열심히 일하면 불효를 씻을 수 있기라도 하는 양, 누구 하나 끝날 때까지 쉬지 않았다. 아버지에게 배워 양봉을 시작한 이웃집 아저씨가 많이 도와주셨다. 꿀은 양도 많고 병에 담기 어려울 정도로 되직했다. 봄에 한 번 떠야 했는데 건너뛰어서 그렇다고 했다.

그날 가져와 주방 수납장 깊숙이 넣어두었던 꿀 한 병을 꺼내 본다. 먹어버리고 나면 아버지의 기억도 사라져 버릴까 봐, 차마 뚜껑조차 열지 못했던 마지막 꿀이다. 조심스럽게 뚜껑을 열고 한 숟가락 떠 입에 넣는다. 금세 입안 가득 꿀맛이 퍼진다. 꽃향기는 조금 희미해졌지만 진한 맛은 그대로다.

돌아오는 아버지 기일에는 친정집 댕강나무꽃도 난만(爛漫)해지겠지. 꽃보다 진한 향기가 먼저 마중 나와 환영해 줄 것이다. 자식들 오는 날이면 일찌감치 밖에 나와 기다리다가 마당에 들어서는 우리를 반갑게 맞아주시던 아버지처럼.

댕강나무의 꽃말은 '환영' '평안'이라고 한다.

"아버지, 그곳에서 평안하시죠?"

(2023)

# 시집가는 딸에게

딸아, 결혼을 축하한다. 어느새 커서 독립된 가정을 꾸리다니 대견스러우면서도 여러 감정이 한꺼번에 밀려오는구나.

요즘 엄마는 그림을 그리고 있단다. 결혼 준비는 네가 알아서 잘하니, 엄마도 뭔가 하나는 해주고 싶었거든. 고심 끝에 흰 티셔츠에 직접 민화를 그려 넣어서 너희 커플티를 만들기로 했다.

엄마가 그릴 그림은 '일월오봉도(一月五峯圖)'야. 앞으로 너희가 가정을 잘 다스리며 살아가길 바라는 기원을 담아서. 조선 시대에는 통치자가 다스리는 세상, 곧 삼라만상을 상징하는 뜻으로 이 그림을 왕이 머무는 공간에 항상 두었다는구나. 심지어 왕의 무덤에까지 부장품으로 넣었다지. 또 이 그림은 왕, 즉 사람(人)이 함께해야만 비로소 완성된다더라. 단순한 그림 이상의 의미인 거지.

하늘에는 달과 해가 있고, 다섯 개의 산봉우리 아래 양쪽으로 소나무와 폭포가 있어. 그 둘 사이에 넘실대는 물결이 있고. 엄마는 이 그림을 반으로 나눠서 등판에 한 쪽씩 그렸어. 그렇게 하니까 달과 해가 나뉘고, 산이 각각 두 봉우리 반씩 그려지더라. 달이 있는

쪽이 네 것이야. 제목도 붙였지.

'월이봉반(月二峯半) 소정' '일이봉반(日二峯半) 두영'.

너희 둘이 같은 방향을 바라볼 때 등의 그림이 모여 온전한 '일월오봉도'가 되고, 너희(人)까지 더해져 너희만의 일월오봉도가 완성되는 거지. 어때, 근사하지?

그림을 그리는 동안 실수해서 몇 번을 빨았단다. 직물용 펜이라 믿었는데 색깔이 번져서 통째로 한번 빨아야 했어. 채 마르기도 전에 색을 칠했더니 색깔이 섞여서 또 빨아야 했고, 손에 묻은 물감이 엄한데 묻어서 또 빨고…. 빨고, 말리고, 다림질해 다시 그리기를 몇 번이나 반복했어. 천에 쓰는 물감인데도 바로 빨면 지워져서 다행이었지. 그런데 완성해 놓고 보니 티셔츠 앞판이 너무 밋밋하지 뭐니. 그래서 왼 가슴께에 원앙 한 마리씩 그려 넣었어. 이제 마무리만 하면 된단다. 네 맘에 들었으면 좋겠다.

결혼하여 살다 보면 뜻하지 않았지만 실수하는 순간도 있을 거야. 그럴 때 낙담하지 말고 이 티셔츠 그림처럼 얼른 빨고 다시 그리면 되는 거야. 사실 그렇게 걱정되지는 않아. 너는 엄마보다 지혜롭고 현명하니까. 엄마도 아무것도 모른 채 결혼했지만 지금까지 잘 살고 있지 않니? 그래도 정말 감당하기 힘든 일이 생긴다면 꼭 기억하렴. 언제든 너를 안아줄 엄마가 있다는 것을.

아까 솔잎을 치다가 문득 너의 고3 때 일이 떠올랐단다. 주말에 기숙사에서 돌아온 네가 말했지. "머리를 묶어도 자꾸 빠져나와서 공부에 방해가 돼요. 그래서 파마하고 싶어요." 그때 엄마는 당연히 스트레이트파마인 줄 알고 허락했어. 공부에 집중하기 위해서라는데 두 번 고민도 안 하고 미용실에 데려다주었지. 그런데 네 긴 머리가 온통 꼬불꼬불해져 나타난 거야. 그런 너에게 불같이 화를 냈지. 다음 날 아침, 학교에 데려다주는 차 안에서도 엄마는 한마디도 안 했었지. 대충 주먹밥에 김 한 장씩 붙여서 김치 하나 곁들여 싸준 도시락을 본 친구들이 "너의 엄마, 정말 화 많이 나셨구나." 했다지?

이제야 말하는데 그때 네 말이 맞았어. 동그랗게 긴 머리를 말아서 묶으니까 꼬불 파마한 것이 조금도 표가 나지 않았어. 미안했다. 종종 네 마음을 이해해 주지 못한 순간이 있었을 텐데 그것도 용서해 주렴. 마음속에 있는 서운했던 거 다 털어버렸으면 좋겠다. 엄마는 지금의 너보다 더 어린 나이에 너를 낳았단다. 그게 무엇이든, 엄마도 잘 몰라서, 널 위한다는 마음으로 그랬을 거야.

딸아, 고맙다. 너를 통해 엄마가 경험할 수 있었던 '첫 느낌'의 감동은 셀 수 없이 많았어. 힘들었던 순간조차도 자주 꺼내 추억하며 오래도록 행복해할게.

평생의 반려자는 전생에서 천 번을 마주쳤어야 만나게 되는 인연이래. 그래서 천생연분이라고 부르는 거겠지. 귀한 인연과 함께 출발선 앞에 선 우리 딸, 잘 살아. 사랑한다.

깊은 가을, 엄마가.

(2020)

# 꽃으로 온 아가야

고요한 밤, 은은한 간접 조명 아래 잠든 아가의 얼굴을 들여다본다. 여리고 고른 숨결이 방안을 가득 채운다. 아기가 갑자기 빙긋 웃는다. 어찌나 사랑스러운지, 배냇짓인 줄 알면서도 괜히 내 마음이 전해졌나! 기대하는 것이다. 이내 아랫입술을 삐죽 내밀고 턱을 쭉 치켜들더니 들숨을 크게 한번 들이쉰다. 그러고는 태어난 지 며칠이나 됐다고 세상에, 흐느낀다. 슬픈 꿈이라도 꾸는 걸까? 가슴에 손을 얹고 살살 토닥이니 다시 천사의 얼굴이 된다.

나는 지금 손주를 돌보고 있다. 나를 처음으로 할머니로 만들어 준 첫 손주다. 아기는 뭐가 그리 급했는지 예정일보다 보름이나 빨리 세상에 나왔다. 분만 전날, 저녁나절에 딸이 배가 아프다며 전화했을 때까지만 해도 가진통인 줄만 알았다. 계속 아프면 병원에 한번 가보라고 하고는 잠이 들었다. 그런데 아침에 일어나 보니 가족 단톡방에 아기 사진이 올라와 있었다. 자궁이 열리도록 참다가 병원에 가는 바람에 무통 주사도 못 맞고 생으로 분만했다는 것이다. 얼마나 무섭고 아팠을까. 산통을 견뎌낸 딸이 너무나 대견하고 기특해서 눈물이 찔끔 났다. 갑작스러운 조기 분만이었는데 산모도 아기도 모두 건강하니 감사할 따름이었다.

요즘은 육아 풍경이 옛날과는 사뭇 다르다. 예전에는 아기를 따뜻하게 싸매서 키웠던 것 같은데 지금은 안 그렇다. 우선 방바닥이 아닌 아기 침대가 따로 있고, 질식사 위험 때문인지 바닥도 매트 위에 얇은 요만 깔아 둔다. 방 안의 온도는 24도 내외, 거기에 배냇저고리만 입은 아기를 얇은 겉싸개만 덮어 재운다. 아무리 생각해도 아기가 좀 추울 것 같은데, 전문가들이 이 온도가 적절하다고 했다니 어쩌겠는가. 나는 노파심에 자꾸 벗겨지는 발싸개만 다시 찾아 신겨주고 있다.

육아용품들도 종류가 다양하다. 내 눈에는 모든 게 신세계다. 기저귀갈이대는 이미 공공장소에도 비치되어 있을 정도로 대중화되었고, 수유 보조 받침, 모유 수유 쿠션 등 산모가 수유할 때 무리 가지 않도록 도와주는 용품이 잘 나와 있다. 젖을 먹고 올리지 않게 자세를 잡아주는 역류 방지 쿠션도 있다. 분유 포트에 물 온도와 용량을 미리 설정해 두면 버튼 하나로 쉽게 분유 타기가 끝난다. 배고프다고 울어대는 아기를 얼러가며 물을 끓여 급하게 분유를 타고, 찬물에 식히느라 진땀 빼던 풍경은 그야말로 고릿적 얘기다. 이 정도면 육아도 수월하겠다 싶은데 초보 엄마 아빠는 매 순간이 낯설고 조심스러운가 보다. 아기가 트림을 빨리 안 해도, 울어도, 꼴깍 올려도, 용을 쓰거나 찡그리기만 해도 어쩔 줄 몰라 한다.

딸은 출산 후 산후조리원에 들어가지 않았다. 아기랑 떨어져 있는 것이 싫고, 바로 모유 수유를 시작하고 싶다는 것이 이유였다. 물론 산후조리를 도와주는 선생님이 매일 집으로 오기는 해도 밤이나 주말, 공휴일에는 누군가 도와줄 사람이 필요했다. 그래서 내가 딸네 집으로 온 것이다. 처음에 딸이 고민을 얘기했을 때, 말은 원하는 대로 하라고 했지만 내심 조리원에 들어가기를 바랐다. 너무 오래전 일이라 갓난아기를 돌보는 일이 자신 없었기 때문이다. 하지만 막상 아기를 품에 안아 보니 새록새록 기억나기도 하거니와 사실 육아 방법이 많이 변해서 거의 다 묻고 배워가면서 돌보는 중이다.

오늘 아기에게 드디어 태명 말고 진짜 이름이 생겼다. 설 연휴가 지나면 사위가 출생신고를 하러 갈 것이다. 그리고 나면 아기는 세상에 하나뿐인 주민등록번호를 가지게 되고, 그로써 독립된 한 사람으로 세상과 연결되어 살아가게 된다.

하진아! 앞으로 네가 펼쳐갈 날들이 할머니는 벌써 궁금하단다. 너의 반짝이는 순간들을 지켜보며 항상 응원해 줄게. 장. 하. 진. 어느 시인의 말처럼, 너의 이름을 불러주었을 때 너는 나에게로 와서 꽃이 되었구나.

아기는 이제 깊이 잠든 것 같다. 전생에 어떤 인연으로 스쳤기에 같은 시공간에서 지금 우리가 할머니와 손자로 만나고 있을까. 그 심오한 연결고리는 모른다 해도, 우리가 이번 생에서 이렇게 귀하고 소중한 인연으로 만난 것 외에 중요한 것은 없을 듯하다.

(2025)

# 그 남자가 사는 법

　가을하늘이 파랗다. 높이를 알 수 없는 천공(天空)에 애드벌룬이 출렁이며 춤을 춘다. 보강천 체육공원 일원에서는 인삼골 축제가 한창이다. 천변을 따라 여러 가지 체험 부스들이 세워져 있고, 건너편으로는 먹을거리를 파는 식당들이 즐비하다. 미루나무 숲 사이로 사람들이 둥그렇게 모여 서 있는 것이 보인다. 시선이 모이는 한 가운데에 웃통을 벗은 두 남자가 무릎을 꿇고 마주 앉아 있다. 방송국 아나운서와 해설자가 보이고, 양옆과 공중에서는 움직이는 카메라가 선수들은 물론 구경꾼들의 표정까지 놓치지 않고 렌즈에 담고 있다. 씨름대회 단체전 결승 경기, 청년부 대결이다.

　양 선수가 상대의 띠를 추스르기 시작한다. 그 남자는 청 샅바를 매고 있다. 수많은 눈이 일제히 자신에게 집중되는 느낌, 이 긴장이 남자를 매번 흥분시킨다. 기분 좋은 떨림이 가슴을 스쳐 간다. 오른손으로 상대의 허리샅바를 당기면서 왼손을 다리샅바에 찔러 넣는데 구경꾼들 속에서 '덩치 좋다!' 소리가 들려왔다. 아마도 상대편 선수에게 하는 말일 것이다. 게다가 그 남자는 상대편을 대적할 마땅한 젊은 선수가 없어서 지천명의 나이로 청년부 경기에 나온 터였다. 하지만 남자는 별로 개의치 않는다. 오늘을 위해 그동안 열심히 운동을 해왔다. 아침마다 뒷산을 오르내리고, 매일 체력 훈련을 하면서 꾸준히 기술을 연마해 온 것이다. 손아귀에서 팔뚝으로 선명하게 이어지는 근육이 말해주듯 남자의 몸은 탄력 있고 단단하다.

남자는 유독 씨름을 사랑한다. 씨름이 옛날처럼 온 국민이 즐기는 놀이 겸 스포츠가 되는 것이 남자의 바람이다. 계승 발전시켜야 한다는 명분은 접어두더라도, 만나는 사람들에게 틈만 나면 씨름 예찬이다. 신발이나 양말로 발을 거의 싸매고 살아가는 현대인들에게는 맨발로 모래를 밟는 씨름이 꼭 필요하다고 말한다. 전신운동일 뿐만 아니라, 오장육부가 전부 들어있는 발바닥을 자극하여 스트레스 해소는 물론 두뇌 발달과 혈액순환에도 탁월한 효과가 있다고 역설한다. 단 1초도 방심할 수 없는 긴장감조차 긍정적인 스트레스가 되어 심신을 건강하게 만들어 준다고 하니, 남자의 말을 듣고 있으면 씨름이 만병통치약인 듯하다.

씨름에 삶의 철학이 담겨 있다는 말도 남자의 단골말이다. 우리네 삶이 죽는 날까지 살아내야 하는 것처럼 경기가 끝날 때까지는 결코 모래판을 벗어날 수 없는 것이 씨름이다. 내가 샅바를 편하게 잡으면 상대의 몸이 자유로워져 바로 공격당한다. 내 자세가 힘들더라도 최대한 상대가 불편하도록 샅바를 당겨야만 승산이 있다. 과감한 선제

공격이 필요할 때가 있는가 하면, 상대의 공격을 받아먹는 것만이 최선일 때가 있다. 수를 예상하여 움직이다가도 상황에 따라서는 오로지 동물적인 감각으로 몸을 써야 할 때가 오기도 한다. 분명한 것은, 어떤 경우에서도 매 순간 최선을 다해서 싸워야 한다는 것이다. 그렇게 있는 힘을 다해 싸워도 항상 이길 수는 없다. 지고 난 후 모래를 툭툭 털듯 미련 없이 판을 내려서면 그뿐, 경기가 끝난 뒤 결과에 대해 미련 갖지 않는 것이 또한 필수다. 남자는 인생이 곧 씨름판이라고 말한다.

두 선수가 서서히 무릎을 세우며 일어서서 자세를 잡는다. 심판의 신호를 기다리고 있는 잠깐, 팽팽한 긴장감이 흐른다. 시작과 동시, 상대편 선수가 선제적으로 공격을 해 온다. 육중한 배를 밀며 빠르게 몸을 붙여온다. 밀어치기다. 남자는 신속하게 방어 자세로 중심을 잡는다. 해설사가 말하기를 왕년에 황소 십여 마리는 탔을 거라더니, 확실히 밀고 들어오는 힘이 예사롭지가 않다.

방심하다 힘 한번 써 보지 못하고 풀썩 주저앉았던 몇몇 시합이 남자의 머릿속에 스쳐 지나간다. 속상함에 창피함에 쥐구멍이라도 찾고 싶었던 적이 여러 번 있었다. 부딪치고 쓸리고 찢어지는 일은 다반사고, 충분히 몸을 풀지 않고 시합에 나갔다가 뒷무릎 인대가 끊어졌던 큰 사건도 있었다. 하지만 멋지게 이겼던 적도 많았다. 이길 때의 그 짜릿함이 지난 흑역사의 모든 기억을 상쇄시키곤 했다.

남자는 기술을 완벽하게 걸어 상대를 넘겼던 기억을 떠올리려 한다. 아직은 젊은이들과 겨루어도 해볼 만하다는 자신감, 승패에 담담할 수 있을 만큼의 연륜이 모래판 위에 선 남자의 큰 무기다. 오늘은 몸 상태가 좋다. 체격 차이는 나지만 그동안 갈고닦은 실력을 충분히 발휘할 수 있을 듯하다.

상대가 허리샅바를 놓고 들어온다. 뒷무릎치기란 말이지? 그렇다면 되치기다. 정면승부가 여의치 않을 때는 상대방의 힘을 역이용하는 것이 훌륭한 기술이다. 재빠르게 왼쪽으로 돌면서 상대가 미는 힘을 이용해 남자는 바깥다리후리기로 응수한다. 찰나(刹那), 상대편 선수의 육중한 몸체가 중심을 잃고 한쪽으로 기우는 게 느껴진다. 남자는 승리를 직감한다. 남자의 시야에서 공중으로 흩뿌려진 수많은 모래 알갱이가 슬로비디오처럼 반짝이며 떨어지고 있다.

모래판 밖의 한 여자는 생각한다.

'이쯤에서 이 남자가 사는 법을 인정해 줘야 할까 보다.'

(2015)

# 4.

# 마음의 유효기간

# 매미와 사마귀

　주말 드라마가 끝나갈 즈음이다. 거실 베란다 쪽에서 날카로운 소리가 들려왔다. 다가가 살펴보니, 사마귀가 매미를 물고 방충망에 붙어 있다. 사마귀의 억센 턱에 꼼짝없이 잡혀 죽어라 울어 대는 매미. 리듬의 강약 없이, 마치 쇠 파이프를 자르는 기계톱 소리처럼 높게 이어지는 소리는 차라리 비명에 가까웠다. 처음부터 그 자리에서 소리가 갑자기 시작된 것으로 보아 앉아 있던 매미를 사마귀가 발견하고 덮친 듯싶다. 매미는 온종일 짝을 찾아다니다가 새어 나오는 불빛에 위로받으며 방충망에 앉아 잠깐 쉬려고 했을까?

　상황을 파악한 나는 반사적으로 매미를 살리려고 방충망을 툭 쳤다. 거대한 인간의 등장으로 사마귀는 놀라 달아나고, 그 틈에 매미는 안전한 곳으로 숨어버리는 게 내 시나리오였다. 땅속에서 무려 7년을 기다리고 나온 매미가 아닌가. 종족 보존의 임무를 완수하지 못했을 테니, 그것 또한 안타까운 일이다. 당장 매미를 구해 줘야 한다는 것 외에 다른 생각이 없었다.

그런데 매미의 비명도, 단단히 움켜잡고 있는 사마귀의 톱니 다리도 그대로였다. 딱밤 때리듯 가운뎃손가락으로 사마귀를 겨냥해 세게 튕겨보지만 끄떡도 하지 않는다. 손에 잡히는 대로 빗자루로 쓸어보기도 하고, 분무기로 물도 뿌려 보고, 급기야는 진공청소기를 초강력 단계로 놓고 빨아들여도 매미를 문 사마귀의 턱은 벌어지지 않았다. 방충망에 걸고 있는 발톱도 필사적이다. 이쯤 되니 문득 사마귀에게도 절박한 어떤 이유가 있을지 모른다는 생각이 들었다.

모든 일은 자연의 순리대로 흘러가는 것이거늘 잠깐 잊고 있었다. 내가 무슨 권리로 둘 사이에 개입할 수 있단 말인가. 나는 슬그머니 한 발짝 뒤로 물러났다. 그리고 그 잔혹한 장면을 계속 지켜볼 수 없어 그만 안방으로 들어와 버렸다.

지난 폭풍우와 연일 이어지는 이상 기온에 사마귀가 몇 날 며칠을 굶었을지 그 속사정을 누가 알겠는가. 어쩌면 이 매미가 한 달 만에 처음 사냥한 먹이 일지도 모르지. 매미는 매미대로 사마귀는 사마귀대로 순리에 따라 흘러가는 자연의 한 장면이었을 뿐, 처음부터 나의 개입은 여지가 없던 것은 아닐까. 자연의 거대한 수레바퀴는 한 치의 삐걱거림 없이 굴러간다. 짧은 소견으로 어떻게 해보려 애쓴들 바꿀 수 있는 건 아무것도 없다는 걸 다시 한번 깨닫는다.

전에 남편과 아들 사이에서 애면글면 동분서주했던 내 모습이 떠오른다. 아들이 고등학교에 다닐 때, 진로 문제로 남편과 가끔 충돌이 있었다. 그런데 나중에는 쟁점에서 벗어나 말투나 태도 등 자존심

싸움으로 번지곤 했다. 그럴 때마다 나는 중간에서 화해시키려고 무진 애를 썼었다. 설득하려고 하면 할수록 고집을 부려 사태가 더 나빠진 적도 많았다. 나중에야 알았다. 시간이 지나면 자연스럽게 풀릴 문제였다는 것을. 차라리 각자의 마음을 들여다보며 차분히 생각할 시간을 주는 게 옳았다는 것을 깨달았다. 그 후로는 결자해지, 둘이 알아서 해결하라고 전혀 개입하지 않았다. 그랬더니 오히려 서로 선을 넘지 않으려 조심하면서 잘 지내는 것 같았다. 무엇이든 순리대로 풀어야 하는 법이다.

얼마나 지났을까. 길어야 5분? 조용해져서 나가 보니 방충망이 비었다. 매미와 사마귀는 어디로 갔을까. 그들의 치열했던 흔적은 찾아볼 수가 없다.

밤공기가 서늘하게 불어온다. 또 한 번의 깨달음을 던져 주고, 혹독하게 덥던 여름도 저들처럼 물러가려는가 보다.

(2023)

# 돈세탁

아침 설거지를 끝내고 커피 한 잔을 내려서 TV 앞에 앉았다. 채널을 돌려보다가 우연히 넷플릭스 영화 한 편을 보게 되었다. 『서울대작전』이라는 제목의 돈세탁 관련 영화였다. 예측 가능한 내용과 전개로 참신한 맛은 없었다. 대부분의 후기도 캐스팅이나 제작비 대비 형편없다는 혹평이었다. 그러나 나는 세상의 부조리함을 꼬집어 펼쳐 보였다는 점에 의미를 두고 싶었다. 아무것도 안 하는 것보다는 뭐라도 하는 게 낫지 않겠는가. 후반부에 몇백억 되는 돈이 하늘 위 헬리콥터에서 뿌려지는 장면은 짜릿하면서 통쾌했다.

작년 가을쯤이었나 보다. 세탁 종료음을 듣고 세탁기 문을 열다가 깜짝 놀랐다. 빨래 전체가 온통 희끗희끗 난리가 나 있었다. 가끔 주머니를 확인하지 않고 빨래를 내놓는 남편 때문에 전에도 이런 경험이 몇 번 있었지만, 그날은 빨래 양이 많아서 하나씩 털어 다시 세탁기에 넣는 동안 점점 화가 치밀어 올랐다. 오늘은 남편에게 따끔하게 한마디 하리라 마음먹었다. 그런데 마지막 빨래를 꺼내려던 순간 바닥에서 익숙한 색 조합으로 뭉쳐진 잔해를 발견했다. 아뿔싸, 그건 바로 내가 총무를 보고 있는 협회의 통장 조각이었다. 전날 은행 갈 때 입었던 바지를 하루 더 입을까 어쩔까 하다가 막판에 급하게 세탁기에 넣었던 게 화근이었다.

그날 저녁에 김치만두를 빚었다. 남편이 좋아해도 손이 많이 가서 자주 못 해준 음식이다. 황송해하는 남편에게 미안했지만 아무 말도 안 했다. 굳이 애먼 의심을 받은 사실을 알 필요는 없을 것 같아서였다. 남편은 만두를 맛있게 먹는 것으로 영문도 모르는 사과를 받아준 것이다.

문제는 빨아버린 협회 통장이었다. 다행히 은행에 가서 기장 내용을 뽑을 수 있었다. 그런데 법인 통장이어서 재발급받는 절차가 꽤 까다로웠다. 어떤 통장인지 알 수 있는 정도만 되어도 간단했을 텐데 산산조각이 나는 바람에 확인이 아예 불가능했다. 지부장님이 바쁜 시간을 쪼개 증명할 서류들을 준비해서 몇 번이나 은행을 들러야 했었다. 그 며칠, 너무 죄송하고 마음이 괴로워 마치 공금 횡령한 죄인처럼 보냈다. 오죽하면 만나는 지인들에게 우스갯소리 삼아 '돈세탁은 할 짓이 못 된다'라는 말을 했을까.

요즘 주위에서 보이스피싱 사기, 돈세탁 등에 관한 이야기가 심심찮게 들려오고는 한다. 내가 아는 사람도, 옛친구가 갑자기 전화해서는 '사업하다 망했다, 신용불량자로 계좌가 막혀서 그러니 돈을 대신 받아달라, 약간의 사례도 하겠다'라고 사정사정하더란다. 처지가 딱한 것 같아서 본인 계좌로 몇 번 돈을 받아 부탁받은 계좌로 송금했는데 나중에 경찰서에서 연락이 왔다는 것이다. 다행히 법적 처벌은 면했지만, 어지간히 마음고생했었다.

이런 범죄가 끊이질 않는 건 왜일까? 그 근본적인 이유는 욕심 때문인 것 같다. 쉽게 돈을 벌려는 사행성 풍조도 한몫하는 것 같고, 무엇보다 다른 사람이 피해를 보든 말든 나만 돈을 번다면 상관없다는 이기심이 가장 문제인 것 같다. 성실하게 일해서 번 정직한 돈의 가치를 깨달을 수 있다면 검은 돈세탁의 유혹을 물리칠 수 있을 텐데. 어쩌면 각자의 마음속 탐욕을 없애는 마음 세탁이 가장 필요한 것일 수도 있겠다.

연말이 되면서 훈훈한 이야기들도 들려온다. 빈 병을 모아 어려운 이웃에게 쌀을 사서 나눠준 소방관, 폐지를 주워 모은 전 재산을 좋은 일에 써 달라고 기부한 할머니, 지하철을 청소하며 주운 동전에 성금을 더해서 기부한 환경미화원도 있다. '돈세탁은 바로 이렇게 하는 것이다!'라고 알려 주는 모범사례 같다. 손때 묻은 보잘것없는 푼돈을 깨끗하고 고귀한 돈으로 바꾸어 놓는 그들의 돈세탁법이 세상에 널리 널리 퍼졌으면 좋겠다.

요즘은 빨래를 시작하기 전에 주머니를 확인한다. 또 마음속에 검은 얼룩이 생기지는 않았는지 한 번씩 살펴본다. 앞으로 종종 하얀 돈세탁도 하면서 욕심 없이 살고 싶다.

(2022)

# 과속방지턱

어느덧 아홉 번째 정기 검사다. 심전도 검사, 소변검사, 혈액검사를 위한 채혈을 마치고 CT실의 검사대에 누웠다. 이제 둥그런 통이 오르락내리락 움직이며 구석구석 몸속을 스캔하는 동안, 기계음의 지시에 따라 여러 번 숨을 들이마시고 참기를 반복하게 될 것이다. 주삿바늘을 꽂은 손목을 타고 조영제가 들어오는 뻐근함이 느껴진다. 이것도 이제는 익숙하다. 최대한 깊이 공기를 마시고 숨을 참는다.

4년 전, 건강검진을 하러 갔다가 유방암을 진단받았다. 처음에는 의외로 담담했다. 의사의 권유대로 곧바로 입원해서 수술을 받았다. 하지만 그때까지도 실감은 나지 않았다. 병의 실체를 온몸으로 깨달은 것은 항암치료가 시작된 이후였다. 3주 간격으로 여섯 번의 항암 주사를 맞았다. 저녁에 입원해 다음 날 아침까지 거의 12시간 넘게 주사를 맞는 화학요법이었다. 치료가 거듭되면서 부작용으로 머리카락이 모두 빠지고, 입맛이 사라져 음식을 제대로 먹지 못했다. 그러나 무엇보다 괴로웠던 건 멈추지 않는 구역질이었다. 밤새도록 토했고, 집에 돌아온 뒤에도 며칠은 증상이 계속되었다. 나중에는 파블로프의 개처럼 주삿바늘을 꽂기도 전에 링거팩만 봐도 반사적으로 구토가 나왔다.

항암치료가 끝난 뒤에는 서른세 번의 방사선 치료가 이어졌다. 그러는 동안 체력은 거의 바닥까지 떨어졌고 정신적으로도 지쳐갔다. 몸속 어딘가에 남아 있을지 모를 암세포를 죽이려다가 오히려 내가 죽게 될 것 같은 불안이 엄습해 왔다. '누구는 재발이 왔다더라', '누구는 항암치료 도중 온몸으로 전이됐다더라' 주위에서 들려오는 안 좋은 소식들까지 더해져서 내 성격은 날로 날카롭고 예민하게 변해갔다. 가족들의 걱정과 배려와는 별개로, 오로지 혼자 감당해야 하는 고통 앞에서는 아픈 사람만 서럽다는 것을 그때 알았다.

그때부터는 온통 내 몸 생각만 했다. 매사에 신경이 곤두섰고, 오직 나 자신을 돌보는 일에 집중했다. 앞으로 내 몸은 내가 챙기겠다고 독하게 마음먹었다. 이제껏 그리 살지 못했기 때문에 병에 걸렸다고 생각되었고, 그래서 앞으로는 내가 하고 싶은 대로 하며 살겠다고 다짐했다. 무엇을 하다가 조금이라도 힘들면 무조건 누워서 쉬었다. 스트레스를 받겠다 싶으면 거리낌 없이 바로 그만두었다. 싫으면 싫다 하고 내키지 않는 일은 단호하게 거절했다.

서서히 몸이 가벼워지고 마음도 편안해지는 듯했다. 운동을 시작했고, 체력이 회복되자 조금씩 주변이 보이기 시작했다. 거기에 가족들이 있었다. 남편은 든든한 울타리가 되어주었고 아이들은 엄마 없이도 자기 몫의 삶을 열심히 살아주고 있었다. 그들이 묵묵히 곁에 있어 주었기에 내가 힘든 과정을 이겨낼 수 있었다는 것을 비로소 깨달았다.

'숨 쉬세요', 기계의 안내 음성과 함께 이번 검사도 끝났다. 완치판정까지 절반은 지난 셈이다. 잘하고 있다는 주치의의 격려 한마디가 가슴을 뭉클하게 한다.

"전방에 과속방지턱이 있습니다."

돌아가는 길, 내비게이션에서 들려오는 소리에 브레이크를 서서히 밟는다. 운전하다 보면 도로 곳곳에 과속방지턱이 설치되어 있다. 미리 속도를 줄이게 해 사고를 예방하려는 안전장치다. 무시하고 그대로 달리다가는 차체에 충격을 받거나 누적된 손상으로 더 큰 고장을 초래할 수도 있다. 하지만 천천히 통과하면 아무 일도 일어나지 않는다. 걸리적거리는 방해물로 여길 필요가 없는 것이다.

인생길에서도 어느 순간, 이런 과속방지턱을 만날 때가 있다. 정신없이 달리다 보면 내 몸속의 내비게이션이 속도를 줄일 때라고 경고한다. 지금처럼 말이다. 내 인생에 갑자기 나타난 그 과속방지턱 앞에서 나는 지금 잠시 속도를 늦추고, 조심스럽게 지나가는 중이다.

(2017)

# 문화인과 촌뜨기

오늘은 아침 반찬으로 달걀찜을 했다. 어머니도 마침 드시고 싶으셨는지 달게 드신다. 다행이다.

어머니를 모시며 힘든 일 중 하나는 입에 맞게 음식을 해드리는 것이다. 틀니를 쓴 지 오래되어 질기거나 딱딱한 건 못 씹고 차가운 음식도 잘 못 드신다. 또 어쩌다 조금 매운 것이라도 드셨다가는 단박에 사레가 들려 기침하곤 하신다. 항상 '잘 먹었다, 다 맛있다.' 하시지만, 내 생각엔 입맛 나는 것도 한두 번인 것 같다. 메뉴나 조리법이 다양해야 하는데 가뜩이나 솜씨가 없는 나로서는 매 식사 챙겨드리는 일이 여간 어려운 게 아니다.

그래도 어머니와 딱 맞는 취향이 하나 있다. 바로 모닝커피다. 나는 아침에 식사 대신 커피를 한잔 내려 마시는 습관이 있다. 어머니 오시고 첫날, 아침상을 차려드리고 원두를 갈아 커피를 내렸다. 식사를 마치고 커피 향이 좋았던지 어머니도 한잔 달라고 하셨다. '우리 집엔 커피믹스가 없는데요?' 했더니, '그냥 그것도 좋다. 많이 말고 입가심하게 한 모금만 주면 된다'라고 하셨다. 다도 모임에서 썼던 작은 찻잔에 한 잔 따라 드렸다. 끝맛이 개운해서 참 좋다셨다. 그 뒤론 아침 식사 후에는 으레 커피 한 잔 마시는 게 기본이 되었다.

　오늘도 커피를 내려 작은 잔과 머그잔에 담는다. 사과 하나를 깎아 식탁에 앉았는데, 어머니가 웬일로 남편에게도 커피를 주라고 하신다. 밥 먹고 커피 한 모금 마시면 소화도 잘되고 몸에도 좋다시면서. 남편은 손사래를 치며 난 이거면 됐다고 하고는 얼른 사과를 한 쪽 집는다.

　"우리는 문화인이고 너는 촌뜨기야!"

　어머니 한마디에 우리는 빵 터져서 한바탕 웃었다. 그러곤 문화인끼리 마시자며 커피잔 건배를 제의하는 어머니, 그 눈빛이 개구쟁이처럼 천진난만하다. 그 웃음 끝에 새삼 깨닫는다. 그래, 어머니는 원래 이렇게 흥 많고 유쾌한 분이셨지.

　남편이 이걸로 글 한 편 쓰면 어떻겠냐 했다. 가랑비에 옷 젖는 줄 모른다더니 글쟁이와 살다 보니 시나브로 글감 알아보는 눈이라도 생긴 것일까? '문화인과 촌뜨기', 속으로 나도 쌈박한 글 제목이라고 생각하던 참이었는데….

　어머니 말대로 남편은 촌뜨기다. 촌뜨기 중에서도 상(上)에 속하는 촌뜨기일 것이다. 커피는 물론 낯선 음식은 입에 댈 생각조차 안 하고 늘 먹던 것만 찾는다. 큰맘 먹고 솜씨를 발휘해서 유명 셰프의 레시피로 요리를 차려냈다가 젓가락도 안 대 속상했던 적도 부지기

수다. 내 음식 솜씨가 늘지 못한 것은 순전히 당신 탓이라는 내 말에 남편이 반박하지 못하는 이유다.

음식뿐만 아니라, 업무에 꼭 필요한 전자메일 보내기나 서류 작성 같은 간단한 컴퓨터 작업도 배울 생각을 하지 않는다. 근처에서 배달 음식을 주문하는데도 멀리서 사는 아들에게 부탁할 정도면 말 다 한 거지. 차근차근 설명하면서 하나씩 직접 해보게도 하고 때로는 충격 요법으로 구박을 줘 봐도 늘 그 자리였다. 어느 순간부터는 차라리 후딱 대신해 주고 말았다. 어쩌면 요리와는 반대로, 남편이 컴퓨터를 배우지 못한 것은 꾸준히 가르쳐주지 못하고 중도에 포기한 내 탓일지 모르겠다.

하지만 요즘 같아선 남편이 이렇게 상 촌뜨기여도 상관이 없을 듯하다. 어머니를 모시고부터 남편이 달라졌기 때문이다. 내가 없을 때 어머니 식사를 챙겨드리는 건 물론 발톱도 깎아드리고 무료하지 않게 퍼즐도 같이 맞춘다. 저녁 먹은 후 한 시간 정도는 어머니가 좋아하시는 화투도 치면서 살뜰하게 보살펴 드린다. 커피 한잔 못 마시면 어떻고 배달 음식 주문 좀 못하는 게 무슨 문제가 되겠는가.

우리 집엔 문화인 둘에 촌뜨기 하나가 산다.

(2023)

# 품바 방정식

산책길에 용담공원이 있다. 요즘 그 공원이 있는 용담산을 깎아내리는 대규모 공사가 한창이다. 무극천 정비사업과 함께 용담공원을 새롭게 다시 조성하려는 모양이다. 공사장을 피해 각회리 쪽으로 돌아서 가다 보니 최귀동 할아버지의 동상이 있다. 그 뒤로는 지붕 골조가 드러난 빈집도 보인다. 최귀동과 18인의 걸인들이 함께 살았던 보금자리다. 벙거지 쓰고 망태기를 둘러멘 동상 옆으로 유래비가 있다. 한 문장에 유독 눈길이 머문다.

'남는 밥 좀 없어? 없다면 가고 있다면 얻어다 동냥도 못 하는 걸인들을 먹여주고….'

순리대로 살아가는 각설이의 삶이 드러나는 대목이다. 그동안 많이 들었어도 이해가 안 갔던 말, '얻어먹을 힘만 있어도 그것은 주님의 은총입니다'라는 거지 성자 최귀동 할아버지의 말뜻을 조금 알 듯도 하다.

나는 결혼하면서부터 음성에서 살았다. 아이들이 어릴 때 처음으로 품바 축제장에 갔을 때였다. 거지 움막 짓기 대회를 하고 있었다. 각 마을에서 움막을 하나씩 지어놓고 그 앞에서 마을 사람들이 품바 분장하고 각설이 흉내를 내며 각설이 타령을 불렀다. 심사를 거쳐 시상도 했다. 그때는 거지가 무슨 자랑이라고 축제까지 하는 건지 의아하게 생각했었다. 그 후로 품바 축제는 해마다 규모가 커지고 내용도 다양해져서 6년 연속 충북도 최우수 축제로 선정되었다.

이 축제를 전국적으로 많은 사람이 찾아오는 이유는 무엇일까. 물질적 풍요 속에서도 정신적 빈곤을 느끼는 현대인들의 마음을 채워주는 무언가가 있기 때문은 아닐까. 인생은 방정식 문제를 푸는 일과 같다. 정해지지 않은 값에 이것저것을 대입해 보면서 정답에 가까운 해답을 끊임없이 찾아가는 과정이라 할 수 있다.

최귀동 할아버지는 '삶의 애환이 담긴 풍자와 해학 × 숭고한 인류애와 박애 정신 = 사랑과 나눔의 실천'의 공식으로 수식을 풀어낸 사람이라고 생각한다.

품바는 주면 먹고 안 주면 굶는다. 순리대로 따르며 살 뿐 내일을 걱정하지 않는다. 현실에 충실할 뿐이다. 배만 채우면 더 쌓아두려 욕심부리지 않는다. 공짜로 얻어먹는 법이 없이 걸판지게 한판 놀아줌으로 반드시 답례한다. 누더기를 입었어도 당당하니 자신을 사랑하는 마음이 누구보다 가득한 사람이다.

품바 옷을 입고, 모든 걸 다 내려놓고 신명 나게 각설이 타령 한 곡조 불러 젖히면 품바의 철학을 좀 알게 될까? 2판 4판 난장판 막

춤 한 번 추고 나면 품바 인생을 이해할 수 있을까? 어쩌면 대입할 수 있는 공식 정도는 알게 될지도 모른다. 문제를 풀기 전에 먼저 해답 풀이를 볼 때처럼 말이다. 하지만 공식을 안다고 다 정답을 써내는 건 아닐 터, 사람마다 풀어야 할 삶의 방정식이 다르고 또 각자 가지고 있는 고유한 값도 천차만별이다. 직접 연필을 들고 하나하나 대입해 가며 풀어야만 진짜 답을 써낼 수 있는 것이다. 자신이 가진 현재값을 파악하는 일은 무엇보다 중요하다. 정확한 현재값을 방정식에 대입해야 답을 구할 수 있을 테니까.

'작년에 왔던 각설이가 죽지도 않고 또 왔네'

매번 숙제처럼 다시 찾아오는 삶의 방정식을 풀기 위해 수시로 자신의 현재값을 돌아볼 일이다.

(2022)

# 마음의 유효기간

벌써 입동 지나갔다. 해마다 입동이 지난 그 주말이 우리 집 김장 하는 날이다. 내일모레면 올해도 삼 남매가 친정에 모여 김장을 할 것이다. 하지만 나에게는 김치통 넣을 자리를 마련하기 위해 냉장고를 비우는 일부터가 김장의 시작이다. 핑계 같지만, 지난주에 큰딸 혼사를 치렀고 코로나19로 인해 1학기에 못 했던 보강수업까지 나가다 보니 미리 정리할 시간이 없었다. 오늘에서야 부랴부랴 냉장고를 정리하고 있다.

우리 집에는 냉장고가 세 대나 있다. 하나는 수시로 여닫는 가장 오래된 양문형 냉장고이고, 또 하나는 작년에 새로 산 스탠드형 김치 냉장고, 그리고 서랍식 전용 냉동고가 있다. 냉동고는 예전에 막내 시누이가 직장에서 상품으로 탄 것인데 식구 많은 우리 집에 선물로 주신 것이다. 이제는 자식들이 다 객지로 떠나 남편과 단둘이 사는데, 냉장고 세 대가 여전히 꽉 차 있는 이유가 무엇인지 참 알 수 없는 노릇이다.

일단 김치냉장고 안의 물건을 모두 꺼냈다. 다른 냉장고로 옮길 것은 옮기고 반찬으로 만들어야 할 재료들은 조리대 위에 올려놓았다. 웰빙존 서랍 칸 안쪽에 검은 봉지 하나가 있다. 귀찮아서 그대로 넣어둔 것 같은데, 언제 넣었는지 무엇이 들었는지 전혀 기억나지 않는다. 늘 느끼는 것이지만 검은 봉지는 문제가 좀 있다. 봉지를 풀어보니까 생각이 났다. 언젠가 장날에 좌판을 펴고 장사하는 할머니의 더덕이 실해 보이기에 좀 넉넉하게 사 온 적이 있다. 반은 무쳐 먹고 나머지는 나중에 먹으려고 아껴둔 거였다. 까서 파는 건 향이 별로 없어서 굳이 흙이 붙어 있는 통 더덕을 샀다. 다행히 망가지지는 않은 것 같다.

냉장고 청소를 할 때마다 혼자 얼굴을 붉힐 때가 많다. 미처 찾아 먹지 못해서 상한 식재료들을 아깝게 버리는 일이 종종 있기 때문이다. 나는 어릴 때부터 먹는 음식을 버리는 것은 죄라고 배웠다. 친정 엄마는 가끔 살짝 쉰내 나는 밥도 물에 헹궈서 드시곤 했다. 검은 봉지 속에서 상해버린 음식 재료들을 발견하고 버릴 때면 엄마 얼굴이 떠오르고 죄짓는 기분이 들어 보통 속이 상하는 것이 아니다. 그때마다 다시는 이러지 말아야지 다짐한다. 그래 놓고 또 검은 봉지를 발견하게 될 때면 혹시 내가 구제 불능이 아닌가 하는 자괴감마저 드는 것이다. 그래서 요즘은 냉장고에 무엇을 보관할 때 될 수 있으면 검은 봉지를 쓰지 않으려고 한다. 일단 눈에 보여야 찾아 먹을 수 있을 테니 말이다.

대용량으로 사게 되는 것들은 지퍼백이나 속이 보이는 통에 필요한 분량만큼 나눠서 넣어 둔다. 아니면 포장 봉지 그대로 보관하는 편이 낫다. 그래야 필요할 때 쉽게 찾아 쓸 수 있고 몰라서 묵혔다 버리는 일이 적기 때문이다. 먹을 만큼만 사서 그때그때 요리하는 게 가장 좋겠지만, 정리만 잘해 놓으면 쟁여놓는 것도 좋은 점이 많다. 나는 봄에 엄마가 캐서 주신 달래를 한번 먹을 만큼씩 나눠서 얼려놓았다가 남편이 좋아하는 달래간장을 일 년 내내 만들어 먹는다. 필요한 재료가 준비되어 있으면 아무 때나 먹고 싶을 때 요리해 먹을 수 있다는 장점이 있다. 물론 그러려면 부지런해야 한다. 귀찮더라도 미루지 말고 바로바로 손질해서 정리하고, 수시로 유효기간을 확인하는 수고가 필요하다.

사람의 마음을 담아두는 일도 유통기한이 있는 것 같다. 작년 봄 아버지가 돌아가셨다. 조금만 더 힘내시라는 말이 무의미하다는 걸 느꼈을 때 덜컥 마음이 무너져 내렸었다. 그제야 링거 바늘이 꽂힌 채 퉁퉁 부어 있는 아버지 손을 잡고 말했었다.

"아버지, 사랑해요. 아버지 딸로 태어나서 사는 동안 참 많이 행복했어요."

그 말을 왜 그렇게 마음속 깊은 곳에 봉지째 보이지도 않게 밀쳐두었는지 모르겠다. 그날 난 내 마음의 유효기간이 지나버렸을까 봐, 그래서 혹시라도 아버지께 전달되지 않을까 봐, 후회하고 또 후회했다. 이제 정말 더는 기회가 없을 텐데….

어떤 감정이든 처음 품은 때가 가장 선명하다. 그래서 바로 표현했을 때 제일 정확하게 전달되는 것이다. 검은 봉지에 담아 둔 식재료처럼 담아두고 미루기만 한 감정은 그게 아무리 귀하고 소중하더라도 시간이 지나면서 잊히거나 퇴색하게 마련이다. 사람 마음에도 유효기간이 있는 것이다. 꼭 전해야 할 마음이 있다면 바로 전하기로 하자. 고마우면 고맙다 행복하면 행복하다고 지금 말하자. 기쁘다 사랑한다 바로바로 말하자. 혹 담아두어야 한다면 투명하게 보이도록 두고, 너무 오래 묵히지는 말자.

대충 정리를 끝내고 보니 시간이 훌쩍 지났다. 늦은 점심 반찬으로 더덕무침이나 해야겠다. 껍질을 벗겨 방망이로 두드리면서 또 한 번 다짐한다. 식료품이든 마음이든 수시로 유효기간을 확인할 것!

끈적하게 묻어나는 더덕 향에 침부터 고인다.

(2020)

# 천변 이야기

풀섶이 바람에 일렁인다. 지금 천변은 갖가지 꽃들로 가득하다. 멀리서도 꽃양귀비와 수레국화가 눈에 확 들어온다. 지난가을 천변을 따라 산책로를 조성하며 파종했던 씨가 자라 꽃 대궐을 이룬 것이다. 덕분에 매일 가까이서 이 아름다운 광경을 볼 수 있는 나는 그저 감사할 따름이다.

꽃양귀비를 보면 경이롭다. 가느다란 줄기로 어떻게 저런 큰 꽃을 받치고 있을까? 솜털이 송송한 봉오리일 때에는 무거워서인지 줄기가 땅을 향해 완전히 구부러져 있다. 그런데 신기하게도 봉오리가 부풀어 오르기 시작하면 서서히 고개를 드는 것이다. 꽃잎을 싸고 있던 꺼풀이 조금씩 갈라져 완전히 떨어지고 나면, 꽃은 비로소 하늘로 꽃잎을 활짝 펼친다. 최대한 크게 펼쳐야 꿀벌의 눈길을 끌 수 있을 것이다. 그러니 줄기는 아무리 무겁더라도 견뎌내야 하리라.

그에 비해 한 줄기에 여러 개의 작은 꽃송이가 붙어 있는 청보랏빛 수레국화는 오밀조밀한 맛이 있다. 벌과 나비들이 미로 같은 꽃가지 사이를 숨바꼭질하듯 날아다니며 꿀을 빨고 있다. 오래전, 이 꽃이 쓸모없이 뽑혀 나가던 잡초에 불과했던 어느 날 드라마 같은 일이 일어난다. 수레국화를 너무나 사랑한 독일의 황제가 이 꽃을 그 나라의 국화(國花)로 정해버린 것이다. 잡초에서 당당하게 한 나라를 상징하는 꽃이 되자 점점 더 많은 사람에게 사랑받게 되고, 지금처럼 정원의 화초로 자리 잡게 되었다.

이곳 천변에는 제멋대로 피어난 야생화도 많다. 콩다닥냉이, 망초, 민들레, 꽃마리, 애기똥풀, 고들빼기, 메꽃, 벼룩이자리들이다. 다가가서 자세히 봐야 꽃인 줄 알게 되는 들꽃들이지만 제각각 얼마나 예쁜지 모른다. 그중에서 개망초꽃이 요즘 한창 예쁘다. '화해', 꽃말도 마음에 든다. 멀리서 보면 안개꽃 다발을 모아놓은 것 같아 산책할 때마다 꽃다발을 선물 받는 듯해 기분이 좋다.

야생화들은 대체로 작고 수수하다. 어떤 꽃은 가까이에서 봐도 꽃인지 잎인지 모를 만큼 작고 무난한 색깔이다. 함께 모여 있어야 그나마 존재감이 나타난다. 아마 아무도 알지 못하는 사이에 혼자 피었다 지는 꽃도 있을 것이다. 이 예쁜 꽃들도 농작물 사이에 자리를 잡았다면 잡초로 진즉에 뽑혔을 터이다. 그런 면에서 꽃들의 입장에서도 산다는 것은 앞날을 예측할 수 없는 두려움일지 모른다. 그래도 세상 어느 하나 꽃 피우는 일에 최선을 다하지 않는 꽃은 없다. 모두 충실하게 자기 몫의 삶을 살아내고 있다.

벚나무가 늘어선 둑길을 걷다 보니 유독 참새 소리가 요란한 나무가 있다. 재잘대는 그 소리가 좋아서 지나가다 말고 잠시 멈춰 서서 들어본다. 고개를 들어 찾아보지만 우거진 초록 이파리 속에서 실체 없는 소리만 무성하다. 참새들은 왜 이 나무를 선택했을까? 뭔가 특별한 것이라도 있나 싶어 자세히 살펴보니 새 말고도 나무에 깃들어 살아가는 생명이 의외로 많다.

우선 줄지어 오르내리는 개미들이 보인다. 달팽이도 보이고, 거미가 줄을 매달고 있는 나무줄기에 웬일인지 소나무에 있어야 할 송충이가 기어다니고 있다. 군데군데 수액이 흘러나와 용암처럼 굳은 주위에는 작은 날것들이 떠다니고 죽은 가지 쪽으로는 이끼와 버섯도 피어 있다. 내 눈에 보이는 것만 해도 이렇게 많은데 등걸의 갈라진 틈이며 땅속 뿌리털 같은 보이지 않는 곳에는 또 얼마나 많은 종류의 생물들이 깃들어 있겠는가. 나무가 품고 있는 수많은 생명을 보면 어쩌면 나무는 그 자체로 하나의 독립된 세상이겠구나 하는 생각이 들었다.

바람은 어디에도 머물지 않고, 종횡무진 천변을 휩쓸고 다닌다. 나무와 꽃들, 온갖 풀들은 그 바람에 몸을 맡긴 채 불어오는 대로 속절없이 흔들린다. 괜한 오기로 맞섰다가는 꺾일지도 모른다. 그러니 지금은 외유내강(外柔內剛)이 답이라고 생각한 것 같다. 바람 앞에서는 모두 같은 방향으로 몸을 뉘면서, 대신 땅속에서는 서로의 뿌리를 단단하게 얽어 함께 버티는 수밖에 없다는 작전이다. 바람이 잦아들 때까지 서로를 다독이면서 말이다.

이태 전부터 우리에게 불어닥친 팬데믹의 바람도 우리의 일상생활을 온통 뒤바꿔 놓았다. 너나 할 것 없이 모두가 힘든 시절을 지나고 있다. 우리도 지금은 이들처럼 외유내강이 필요하다. 경쟁과 상생이 공존하는 삶의 한 장(場) 안에서 다 함께 어우러져 조화롭게 살아가야 한다는 것을 산책길에서 배운다.

(2021)

# 동태찌개에 담긴 비법

아침에 동태찌개를 끓였다. 동태는 단백질이 풍부하고 여러 가지 영양소가 들어있는 생선이다. 노화 방지, 시력 보호, 피부 건강에 좋고, 이유식이나 노인의 영양식으로 많이 쓰인다. 동태찌개는 어머니를 위한 메뉴이다. 어머니는 겨울철 추위가 한창일 때면 일주일 정도 우리 집에서 지내곤 하신다. 그런데 이번에는 지난가을 대퇴부 골절 수술을 받은 후에 한 달 넘게 머물고 계시다.

빨리 회복하시길 바라는 마음으로 특별히 뽀얗고 통통한 가운데 토막을 떠 드렸다. 하지만 어머니는 부득불 며느리 그릇에 담긴 대가리를 달라신다. 어머니 나이 열여섯에 시집왔을 때, 어쩌다 가끔 동 탯국을 끓이면 몸통은 다 남자들 차지고 여자들은 무와 국물만 먹었단다. 그때 시할머님이 대가리토막을 냄비뚜껑에 올려놓고 드셨는데 어찌나 맛있어 보이던지 어린 마음에 침을 꼴깍꼴깍 삼키며 쳐다만 보셨다고 한다. 그래서인지 어머니는 지금도 몸통보다 대가리가 더 맛있다신다. 가난한 시절이었으니 동탯국도 귀했을 것이다. 먹을 것이 있을까 싶었지만 나는 대가리를 건져 어머니 그릇으로 옮겨드렸다.

일단 뼈란 뼈들은 모두 어머니의 입속으로 들어갔다 나왔다. 입안에서 쪽쪽 빨리고 오물오물 굴려진 뒤 낱낱이 흩어져 나온 잔해들이 밥공기 옆에 수북하다. 섣불리 뜯었다가 다시 조립하지 못한 채 방치된 기계의 부품처럼 뼛조각들은 낱낱이 해체되어 본래의 모습을 전혀 짐작할 수 없이 얼기설기 쌓였다. 어두육미가 맞는가 보다. 무척이나 달게 잡수신 것 같아 흐뭇하고 기분이 좋았다. 남편에게까지 맛있다는 칭찬을 듣고 보니 감회가 새로웠다.

사실 동태찌개에 얽힌 특별한 사연이 있다. 신혼 초에 장날 남편이 동태 한 마리를 사 왔다. 나는 생선을 별로 좋아하지 않는다. 먹어본 기억도 없고 요리를 해본 적은 더더욱 없었다. 친정엄마는 집에서 일을 많이 한 사람이 시집가서도 일복이 많다면서 나에게 집안일을 시키지 않으셨다. 그래서 내가 그 시절 할 수 있는 음식은 부끄럽게도 겨우 밥과 반찬 몇 가지 정도뿐이었다. 그런 나에게 이 찌그러진 낯선 생선은 어떻게 해볼 엄두조차 안 나는 음식 재료였다. 하지만 행여 음식 솜씨가 없다는 소릴 들을까 봐 요리책을 뒤적여가며 어찌어찌 생애의 첫 동태찌개를 끓였다.

한나절을 걸려 어렵게 만들어낸 나의 요리를 밥상에 올리고 남편의 반응을 기다렸다. 하지만 '이 맛이 아니야'라는 남편의 한마디에 내 기대는 산산조각 나고 말았다. 칭찬은 고래도 춤추게 한다는데.

빈말도 할 줄 모르는 남편의 무심함이 야속했고 자존심도 상했다. 바로 시어머니께 전화를 드렸다. 손질하는 법부터 요리 순서와 방법을 자세히 여쭤 적어 놓고 다음 장날 다시 사다 끓였다. 내 입맛에는 괜찮은 것 같았다. 하지만 남편은 또 엄마가 해주던 맛이 아니란다. 이후로 우리는 동태찌개가 먹고 싶으면 동태 몇 마리 사서 어머님 댁으로 갔다.

더는 동태찌개를 끓이지 않겠노라 선언했지만, 겨울철 생선가게 앞을 지날 때면 한 번씩 쉬운 수수께끼를 못 푼 것처럼 찜찜했었다. 남편이 기억하는 맛은 대체 어떤 맛일까? 내가 미처 알아채지 못한 어머니의 비법은 과연 무엇일까? 그러다 미국의 신경 문화 인류학자인 존 앨런의 『미각의 지배』라는 책에서 '인간은 두뇌로 음식을 먹는다'라는 문장을 보았다. 남편에게 남아 있는 동태찌개의 맛은 어쩌면 어머니의 사랑이었는지도 모른다. 그렇다면 어머니의 비법을 배워 백번을 시도한다고 하더라도 결코 똑같은 맛을 낼 수는 없을 것이다. 나는 찜찜함마저 훌훌 털어버리기로 했다.

몇 해 전에 부엌에서 봉지가 뜯어진 라면을 발견한 적이 있다. 열어보니 수프가 없었다. 어머니가 다녀가신 직후였다. 그땐 유통과정에서 발생한 불량품인가 보다 하며 지나갔는데 나중에 내막을 알게되었다. 내가 볼일 때문에 딸들에게 가서 하룻밤을 자고 왔던 날, 남편이 동태를 사 들고 와 어머니께서 끓여주셨다는 것이다.

"어쩐지 라면 맛이 나더라."

농담 삼아 드디어 어머니의 비법을 알게 됐다며 수프 빠진 라면 봉지 앞에서 한바탕 웃었던 기억이 난다.

요즘 들어서 나는 자주 수험생 아들에게 반조리식품을 조리해 준다. 아들이 원하기도 하거니와 나도 간편해서 마다하지 않는다. 맛있으면서도 누가 요리해도 같은 맛을 낼 수 있는 음식은 꽤 매력적이다. 홈쇼핑에서 이런 식품을 대량 판매하는 것을 자주 볼 수 있다. 동네에 반찬가게가 늘어나고 배달되는 국이랑 반찬으로 아침 식탁을 차리는 집도 많다고 한다. 이러다가 혹시 요새 아이들이 그리워할 엄마의 손맛이 다 똑같아지는 건 아닐까 하는 웃기면서도 슬픈 상상도 해본다. 동태찌개 같은 사연은 아마 생기지도 않을 것이다.

손맛의 비법은 따로 있는 것이 아니었다. 앨런의 '인생 최고의 맛은 가장 아름다운 순간의 기억'이라는 말처럼, 사랑으로 추억을 함께 만들어가는 것이 비법 중의 비법이 아닐까.

(2015)

# 묘한 족보

올봄부터 수상한 기미가 있었다. 금요일 수업이 끝나는 대로 와서 일요일 저녁까지 먹어야 일어서는 아들이, 하룻밤만 겨우 자고 서둘러 원룸으로 돌아가는 일이 잦아졌다. 약속이나 해야 할 과제가 있다며 집에 오지 않는 때도 많았다. 그때는 바쁜가 보다 하며 대수롭지 않게 넘겼는데 이렇게 사고를 치느라 그런 것인 줄 꿈에도 알지 못했다.

여름방학을 앞둔 어느 날, 그날은 기말고사 마지막 날이라 짐 때문에 내가 원룸으로 가기로 한 날이었다. 아침에 아들이 전화로 아이의 존재를 고백했다. '저 하나도 책임지지 못하는 놈이 어쩌라고 대책 없이 일을 저질렀냐, 그렇게 잘났으면 혼자 알아서 하지 전화는 왜 한 거냐'라며 버럭 소리를 질렀다. 일단 저질러 놓고 감당 못 할 것 같으면 털어놓는 버릇은 대학생이 된 뒤에도 여전했다. 또 한 번 강편치를 맞은 기분이었다.

아들은 자기가 어떻게 하든 책임을 지겠다며, 방학 동안 아르바이트를 해서 빌린 돈을 갚고 육아비용을 충당하겠다고 했다. 아이에게 필요한 물건을 사느라 벌써 작은누이에게서 돈을 빌려 쓴 모양이었다. 하지만 어쩌랴. 대책 없는 사고뭉치라 해도 하나밖에 없는 아들인 것을.

원룸에 도착하자 불안해 보이는 작은 눈빛 하나가 심란한 가슴으로 툭 하고 떨어졌다. 그렇게 아이를 만났다.

"밍아, 인사해. 할머니야."

제 아빠 뒤로 숨기만 해서 얼굴도 제대로 보지 못한 채 싸 놓은 짐부터 날랐다. 트렁크며 뒷좌석까지 실어 놓고 보니 있어야 할 전공책 한 권이 없다. 거지반이 아이 물건이었다. 애써 착잡해진 심정을 달래며 간신히 집으로 돌아왔다. 가뜩이나 좁은 아들 방에 아이의 물건까지 들여놓으니 말 그대로 발 디딜 틈도 없었다. 기가 찰 노릇이었다. 그런 중에도 아들은 제 새끼만 예뻐서 들여다보며 어쩔 줄 모른다. 어미 속이야 타들어 가든 말든 안중에도 없었다. 무슨 주책이었을까. 그 상황에서 내 머릿속에 '내리사랑'이란 단어가 떠오르다니.

처음에는 곁을 주지 않고 아들 방을 벗어나려 하지 않던 아이는 차츰 거실과 부엌, 화장실, 베란다, 현관까지 조금씩 자신의 영역을 넓혀 나갔다. 적당히 거리를 두며 아닌 척 따라다니고, 거실 소파에서 TV를 보고 있으면 모른 척 몸을 부딪치며 지나가기도 했다. 어린 것이 애쓰는 게 안 돼 보여서 나도 모르게 애정 어린 눈길을 주게 되었다. 그 마음이 전해졌는지 잠잘 때면 내 침대로 와 이불 속을 파고들기 시작했다. 또 기분 내키면 예쁜 짓을 곧잘 했다. 자기 살 궁리를 하는 것처럼 귀찮게 굴지도 않고 떼도 쓰지 않았다. 가끔 혼자만의 시간을 즐기듯 우수에 젖어 창밖을 바라볼 때면 꿈꾸는 듯 말간 눈빛에 내 마음이 묘하게 흔들렸다. 소질 없는 글쓰기를 계속해야 하는지 고민이 많던 그즈음, 그 눈빛은 마치 내게 멈추지 말라고 말하는 것 같기도 했다.

시나브로 육아는 내 몫이 되어버렸다. 아들의 외출이 늘더니 방학이 끝나갈 즈음 친구들과 며칠 동안 여행을 다녀오겠다고 했다. 사실 그 며칠 전, 공부에 방해되니까 개학하면 아이를 집에 두고 가라는 내 말에 못 이기는 척 승낙했던 터였다. 엄마가 밍이를 너무 좋아하니까 효도하는 셈 치고 그렇게 하겠다고 능청을 떨더니만 속셈이 따로 있었다. 그러더니 여행 떠나는 날에는 슬쩍 족보까지 바꿔버렸다.

"밍아, 오빠 갔다 올 때까지 엄마 말 잘 듣고 있어!"

어이가 없다.

외출했다가 집에 돌아올 때 항상 반갑게 맞아주는 누군가가 있다는 건 행복한 일이다. 나만 해도 빈 둥지 같은 집에서 늘 기다려 주는 반려묘 밍이가 얼마나 예쁜지 모른다.

근래에는 자식을 낳지 않고 좋아하는 동물을 키우며 살겠다는 신혼부부도 많고, 미국의 어떤 부동산 재벌은 키우던 개에게 자식들에게보다 더 많은 유산을 남겨주었다고도 한다. '애완동물'에서 '반려동물'로 호칭이 바뀐 것만 봐도 이제는 확실히 동물을 또 다른 가족으로 여기게 된 것 같다.

애견 카페나 애견 펜션같이 동물과 함께할 수 있는 편의시설들이 곳곳에 생겨나고 반려동물을 키우는 사람들을 겨냥한 소비시장도 급격히 증가하고 있다. 반려동물을 위한 장례식장, 납골당, 동물의료보험, 또 '동물 행동교정 전문가'라는 새로운 직업도 이제는 낯설지 않다. '세나개(세상에 나쁜 개는 없다)'와 '고부해(고양이를 부탁해)' 같은 '동물 전문교육 프로그램'도 인기리에 방영되고 있다.

반려동물을 가족으로 받아들이게 된 요즘, 사람 곁에서 정서상 깊이 관여하고 있는 반려동물과 함께 행복하게 살아가기 위한 고민은 꼭 필요한 것 같다. 반려동물을 끝까지 보살피고 사랑하며 살아가는 것은 당연한 일이다. 필요해서 키우다가 귀찮아지면 버리고, 생명에 대한 최소한의 존중 없이 동물을 학대하는 일은 있어서는 안 될 것이다. 세상에 어느 하나 귀하지 않은 생명은 없으니 말이다.

밍이가 다가와 눈 키스를 보내온다. 손녀딸이든 늦둥이 딸이든 족보야 무슨 상관이랴. 오로지 사랑하며 살 일만 남았다.

(2019)

# 바지락이 뭐길래

낼모레가 춘분인데 아침부터 눈이 쏟아진다. 해마다 꽃샘추위는 있었건만 오늘 내리는 눈은 왠지 더 을씨년스럽다. 좀 일찍 출근해야 한다는 남편 말에 서둘러 청국장을 끓여 조반을 차린다. 식사를 마치고 현관을 나서는 그의 손에 삶은 달걀과 바나나를 쥐여주는데 "이따 점심은 바지락칼국수나 먹으러 갈까?" 한다.

그 뒤 오전 내내 바빴다. 한시적 문화예술인 재난 지원금을 신청하려고 이것저것 서류를 작성하고, 발급받을 건 받고 하느라 시간이 훌쩍 지나간 줄도 몰랐다. 남편의 전화를 받고 정오가 지난 것을 알았다. 20분쯤 뒤에 집으로 오겠다며 바지락칼국수 집이 영업하는지 알아보라 하고 전화를 끊는다. 문이 닫혔으면 근처에서 아무거나 먹으면 될 텐데 굳이 미리 알아볼 필요가 있을까 싶었다. 하지만 서둘러 하던 일을 마무리하고 칼국수 집에 전화를 걸었다. 마침 영업 중이라 했다.

외출을 준비하고 있는데 남편은 오지 않고 전화벨이 울린다. 영업

하더냐고 묻는다. 그렇다고 하니까 대뜸 "그러면 그렇다고 연락을 해줬어야 할 것 아니냐?"라며 화를 낸다. 그러고는 계속 내 전화가 오기만을 기다렸는데 사람이 왜 그렇게 생각이 없냐며 속사포처럼 쏴대고는 뚝 끊어버린다. 들어오면 그때 말하려고 했다는 내 말을 듣기는 했을까? 그리고 분명히 아까 전화해달라는 말은 안 했었다. 생각할수록 황당했다.

남편은 늘 이런 식이다. 혼자 머릿속으로만 생각해 놓고 상대방에게 말했다고 착각한다. 밥 먹으러 들어올 땐 오자마자 먹을 수 있게 상이 차려져 있어야 만족한다. 나를 데리러 올 때는 내가 미리 나와 있어야 하고, 반대로 내가 데리러 갈 때는 남편이 나오기 전에 먼저 도착해서 기다리고 있는 게 당연하다. 이 얼마나 이기적인가. 세상이 온통 자기중심으로 돌아가야만 한다고 생각하는 사람이다. 특히 배가 고프면 그게 더 확연해진다. 나도 얼마든지 이기적일 수 있지만 배려해서 참는 것뿐인데 말이다.

다행히 성격 자체는 단순해서 그때뿐이고 뒤끝은 없는 편이다. 하지만 언제까지 일방적으로 맞춰줄 순 없는 노릇이라 요즘은 나도 같이 화를 낼 때가 많다. 은유 작가가 『싸울수록 투명해진다』에서 언급한 것처럼, 싸우는 한이 있더라도 잘못된 부분은 짚고 넘어가고 아닌 건 아니라고 하고 황당하고 화가 나면 그렇다고 표현하려고 한다.

잠시 뒤 다시 남편의 전화다. 무극중학교 앞을 지나고 있다는 말만 하고 또 뚝 끊는다. 이번에도 남편은 시간 맞춰서 집 앞에 나와 있으라는 말까지 한 것이다. 나도 이젠 화가 난다. 아침부터 날씨가 우중충하더니 기어코 일이 터지는구나. 한바탕 쏟아낼 생각으로 벼르고 있는데 갑자기 배에서 꼬르륵 소리가 난다. 탱글탱글한 바지락이 눈앞에 아른거리고 시원한 국물과 쫄깃한 면발 생각으로 입안에 침까지 고인다. 금강산도 식후경, 일단 식당으로 가야겠다. 부랴부랴 옷을 챙겨 입고 나섰다. 우산을 쓰고 주차장에서 기다리다가 막 들어오는 남편 차에 오른다. 식당까지 가는 동안 말 한마디 건네지 않았다. 내 딴에는 '비록 배가 고파 칼국수는 먹겠지만 나는 지금 기분이 안 좋다'라는 무언의 시위를 한 것인데, 공감 능력이 부족한 남편이 눈치나 채고 있을는지.

남편은 칼국수 2인분에 자기가 좋아하는 면 사리 하나를 추가해 주문한다. 그러다 한 박자 늦게 황급히 바지락 사리도 하나 추가한다. 참고로 나는 바지락을 무척 좋아한다. 싱싱한 바지락을 한 알 건져 먹자 그게 또 그렇게 행복할 게 뭐란 말인가.

"당신 바지락 좋아하잖아, 실컷 먹어."

관심법을 터득한 것도 아닐 텐데 나는 어쩌자고 그의 말끝에 미안하다는 말이 대롱대롱 매달려있음을 알아채는 것일까. 대체 바지락이 뭐라고.

칼국수 집을 나오는데 햇빛이 쨍하다. 집으로 돌아오는 길, 카 스테레오에서는 경쾌한 리듬의 컨츄리 팝송이 흘러나온다. 미세먼지 하나 없이 깨끗한 풍경이 차창으로 스쳐 지나간다. 이렇게 맑은 날씨가 영원히 계속되지 않으리라는 것을 안다. 그렇더라도 쾌청한 지금의 기분을 굳이 가라앉힐 필요는 없을 것 같다.

(2022)

# 꼬막과 함께한 괜찮은 마무리

책상 위 탁상 달력을 본다. 한 해의 마지막 면에는 아쉬움 가득한 메모들이 빼곡하다. 미뤄둔 건강검진이며 방과 후 수업 보강 날짜, 늦어진 문집 발간, 원고 마감일, 무산된 연말 모임들까지 일정으로 가득 차 있다. 해마다 나는 탁상 달력의 열두 면을 하나씩 넘겨보며 한 해를 되짚어보곤 한다. 1월부터 한 달씩 기록을 따라가다 보면 지나온 일 년이 한눈에 보이기 때문이다.

올해는 참으로 힘든 시절을 보냈다. 평범한 모든 일상을 송두리째 바꿔버린 코로나19를 빼놓을 수 없을 듯하다. 계속되는 비상시국은 꼭 필요한 만남조차 망설이게 했다. 기본적인 인간관계마저 가로막혀 많은 사람의 기분을 우울하게 만들었다.

"얘, 나 꼬막이 먹고 싶다."

어머니가 TV에서 제철 음식으로 꼬막을 소개하는 것을 보다가 전화하셨다. 그런데 바로 대답하지 못했다. 사회적 거리 두기가 시행 중이라 가족 모임도 제한되었기 때문이다. 어머니도 사정을 모르지 않으실 텐데 많이 적적하신 모양이다. 조심하자고 더 중요한 것을 잃을 수는 없기에 다녀오기로 했다.

마침 벌교가 고향인 남편의 지인 덕분에 그날로 바로 싱싱한 꼬막을 구할 수 있었다. 손질법과 가장 맛있게 삶는 비법까지 배워서 저녁에 시댁으로 갔다. 남편이 직접 꼬막을 삶았다. 비법대로 거품이 부르르 끓어오르고 한두 개 입을 벌리기 시작하자 불을 끄고 꼬막을 건져냈다. 아직 대부분 입 다문 조개들이라 덜 익은 게 아닐까 의심이 들었다. 내가 삶아야 했나 싶던 찰나 남편이 입 다문 꼬막의 홈에 숟가락을 끼우고 비틀었다. 딸깍, 쉽게 껍질이 떨어지며 육즙 가득 탱탱한 꼬막살이 고스란히 드러났다. 바다향이 느껴지는 꼬막 살이 어찌나 맛있던지 어머니는 물론 남편과 나와 아들까지 배가 터지도록 까먹었다. 뒤로 물러앉고 나서야 상 위로 수북이 생겨난 조개껍데기 산이 눈에 들어왔다.

친정엄마 생각이 났다. 경로당에도 못 나가고 집에만 계실 텐데. 요즘은 서울에 확진자가 많아 동생도 내려오질 못하는 형편이다. 집으로 돌아와 엄마에게 전화를 걸었다. 안 그래도 밀가루며 우유, 사과 등 식료품을 사야 하는데 못 나가고 있다고 하셨다. 며칠 뒤 우리는 배달된 꼬막을 들고 친정으로 향했다. 마트에 들러 필요한 물건부터 사다 놓고, 남편이 자신 있게 꼬막을 삶았다. 우리는 친정에서도 그렇게 또 하나의 꼬막 산을 만들었다. 별미라며 달게 잡숫는 엄마를 보니 마음이 흐뭇하고 함께한 아들과 남편도 너무 고마웠다. 꼬막

덕분에 어느 해보다도 뜻깊은 연말을 보낸 것 같다.

흔히 눈에서 멀어지면 마음에서도 멀어진다고들 한다. 비상 상황이 길어지면서 서로가 조심하는 수밖에는 없다는 것을 안다. 그러나 만나지 않는 것이 능사는 아닌 것 같다. 오히려 진심을 전하는 더 좋은 기회로 삼을 수도 있다. 각자가 방역 수칙을 잘 지키기만 한다면 여전히 따뜻한 연말연시를 함께 나눌 수 있을 것이다.

열두 장 달력 속에는 그동안 애쓴 흔적들이 고스란히 남아 있다. 큰딸의 혼사도 잘 치렀고 챙길 건 챙겨가며 나름대로 성실히 살아낸 한해였다.

무엇보다 이 어려운 시절을 함께 별 탈 없이 건너온 지인들과 가족들, 두 분 어머니께 감사드리며, 2020년은 이렇게 마무리해도 괜찮을 것 같다.

(2020)

# 추분지절에

　낮보다 밤이 길어지기 시작하는 가을의 한가운데에 와 있다. '우렛소리가 비로소 그치게 되고 동면할 벌레가 흙으로 창을 막으며 땅 위의 물이 마르기 시작한다'라는 추분지절(春分之節)이다. 옛 속담에 '어정칠월 건들팔월'이라는 말이 있다. 음력 칠팔월이 어정어정 건들건들 지나가 버린다는 뜻으로, 여름내 힘들게 일해 왔던 농부들이 잠시나마 휴식을 취할 수 있는 시간을 말한다. 백중날 호미씻이도 끝나고 나면 추수를 시작하기 전까지는 농촌이 한가해지는 것을 빗댄 것이다. 또 여름 동안 습기에 눅눅해진 옷이나 책을 햇볕에 말리는 '포쇄(曝曬)'를 하는 시기도 이즈음이다.

　지난 주말에 벌초를 위해 식구들이 모두 모였다. 남자들이 산소와 뒤꼍의 풀을 깎을 동안 형님과 나는 풋고추와 깻잎을 따려고 밖으로 나왔다. 들판은 어느새 누렇게 벼들이 익어가고 있었다. 그 풍경을 바라보고 있자니 마음까지도 넉넉해지는 것 같았다. 논에 물을 빼고 나면 그때부터는 벼가 스스로 영글어야 하는 시간이다.

들녘 한 곳에 벼가 전부 쓰러진 논이 있다. 바로 옆 논은 이상이 없는 걸 보면 지난번 태풍 때문은 아닌 것 같다. 거름이 세면 웃자라 쓰러지는 일이 있다던데 혹 그래서인가. 반면 건너편 논에서는 아직 초록빛이 역력한 벼가 고개를 뻣뻣하게 세우고 있다. 늦었다는 생각에 마음이 조급할지도 모른다. 하지만 백중 안에 이삭을 팼으니 맑은 바람과 가을볕의 기운을 받아 여물기에 아직 시간은 충분할 터이다.

추석 지나 한로에 이르면 이제 본격적으로 오곡백과를 수확하는 시기다. 이슬이 찬 공기를 만나서 서리로 변하는 상강 직전까지는 눈코 뜰 새 없이 바빠진다. 부지깽이도 절굿공이로 쓰일 만큼 손이 모자라고 시간도 부족하다. 오죽하면 '가을 해 작대기로 못 받친다.'라는 말이 있겠는가. 일은 많은데 가을 해는 짧고, 작대기로 해를 받쳐서라도 시간을 붙잡고 싶은 간절함이 말 속에서 묻어난다.

이때에는 단풍이 짙어져 산하가 울긋불긋 물들고 제비가 남쪽을 향해 떠나간 하늘에 기러기가 모이는 때이기도 하다. 볼 안쪽으로 열매를 양껏 밀어 넣어 얼굴이 서너 배나 부푼 다람쥐가 들락거리는 풀섶으로 국화가 노랗게 피어나는 시절이다. 절기에 따라 계절이 바뀌고 자연이 변하는 것이 신기할 따름이다.

예전에는 달력을 넘기면서 세월이 가는 걸 알았다. 달력을 보며 그날그날 해야 할 일을 챙기고, 주 단위, 월 단위로 계획했던 일들을 확인하면서 나름대로 시간을 주도하며 살고 있다고 생각했다. 그런데 요즘은 절기 따라 날씨 변화를 느끼며 시간이 이끄는 대로 살아가는 듯하다.

새삼 24절기가 꽤 과학적인 역법이라고 생각되는 요즘이다. 삼라 만상은 절기에 따라 순리대로 흘러가고 있다는 자연의 법칙을 깨닫 는다. 오십견을 얻은 후에야 세상 이치를 눈치채다니 이 미욱함을 어찌해야 할지. 이제라도 깨닫게 된 걸 다행이라 여겨야 할지도 모르 겠다.

인생을 한해에 비유하자면 나는 지금 추분지절 언저리 어디쯤 있 는 듯하다. 내 모습은 어떤가. 이 시점에 무엇을 해야 할까? 더 추워 지기 전에 나도 결정해야 할 것이다. 철새처럼 날개를 정비할 것인지 다람쥐처럼 겨울 양식을 비축하는 일에 힘을 쏟을 것인지. 선택은 온전한 내 몫이나 그리 조바심 내고 싶지는 않다. 이 또한 순리대로 따르면 될 일이기 때문이다.

(2020)

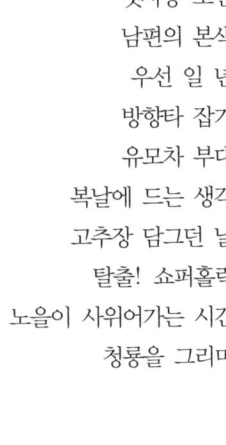

# 5.

# 방향타 잡기

# 아들의 봄날

수십 개의 꼭지에서 일제히 물줄기가 뿜어져 나온다. 자동 살수기가 하우스의 오른쪽 끝에서 천천히 왼쪽으로 움직이면서 초록 실처럼 자란 대파 모종에 물을 주고 있다. 물줄기는 알맞은 굵기와 세기로 딱 봐도 어느 한군데 빠진 곳 없이 골고루 흠뻑 적셔주는 것 같다. 너무 세거나 굵으면 모판의 흙이 패여 나갈 테고, 그렇다고 안개처럼 미세하면 공중으로 흩어지는 양이 많아 충분히 젖지 않을 것이다. 그 사이 어디쯤 최적의 상태를 찾아 설정한 것이 내가 보고 있는 저 물줄기이리라.

아들은 지난 이태 맨땅에 헤딩하듯 멜론 농사, 참깨 농사, 온라인 농산물 판매 등 다양한 일을 했다. 멜론 농사를 지었을 때 하루는 올망졸망한 낙과를 한 보따리 들고 들어왔다. 레시피를 개발해야 한다며 장아찌를 담가보자 해서 군말 없이 소금물을 풀어 담가준 적이 있다. 결과는 썩 만족스럽지 못했지만….

작년에는 참깨 농사를 지었다. 어느 새벽 깨를 털고 나서 '엄마, 아들 죽겄어유' 하며 들어오는데 아들의 땀에 젖은 가슴팍에 깨알이 다 닥다닥 붙어 있었다. 엄지를 추켜세우며 유쾌하게 웃어넘겼지만 속마음은 울고 싶은 심정이었다. 고생하는데도 이거다 싶게 잡히는 것이 없어 힘들어하는 아들 모습을 지켜보는 것이 안타까웠다.

'청년창업농' 2년 차인 아들이 올해는 육묘장을 인수하여 본격적인 농사를 시작하였다. '청년창업농'이란 청년들이 농촌에서 농업인으로 정착할 수 있도록 실질적인 도움을 주는 정책이다. 초기 생활자금이나 필요한 영농교육 등을 몇 년에 걸쳐 지원해 준다. 지원을 받는 청년 농부들끼리는 지역 단위로 함께 서로 정보도 교환하는 등 활발히 교류하며 푸른 꿈을 키워나가고 있다. 이렇게 젊은이들이 농촌으로 모여든다면 우리나라 농업 전망에 기대를 걸어봐도 괜찮을 것 같다. 농촌이 젊어져야 한다. 농촌에서 젊은이들이 눈을 반짝이며 연구하고, 열심히 일하는 모습을 보는 일은 분명 희망찬 감동이다.

농장을 찾은 나를 위해 아들은 상토 분쇄기며 파종기, 발아실을 차례로 안내한다. 자동화된 설비시설들과 구별하기 어려운 갖가지 어린싹들의 이름도 자세하게 알려준다. 설날 이후 하루도 쉬는 날 없었다며 엄부럭을 떨어도 표정에는 신바람이 묻어 있다. 아들은 농민 후계자로 병역특례 복무 중이다. 지난달에 증평에 있는 훈련소에서 3주간의 군사교육을 받고 왔다. 훈련소에 들어갈 때 깎은 머리가 조금 자라 까까머리 밤송이가 되었다. 내 눈에는 아들의 그 모습이 대파와 양파의 어린싹을 닮은 듯해 더 귀엽다.

남자라면 모름지기 군대는 꼭 다녀와야 한다고 믿었던 내 생각이 요즘 아들의 모습을 보면서 조금 달라졌다. 농촌에서 또는 전문 인력이 필요한 여러 산업현장에서 제 역할을 충실히 해나가는 것도 국방의 의무를 다하는 일이라는 걸 느끼기 때문이다. 다만 '3주 후 바로 산업현장에 복귀하는 사정을 참작하여, 머리 스타일에 어느 정도 자유를 주면 어떨까' 하는 의견에는 나도 한 표를 더하고 싶다. 얼마 전 우연히 아들과 아이디를 공용하고 있는 쇼핑몰의 구매 목록에서 '머리가 빨리 자라는 샴푸'가 있는 것을 발견했다. 그런 샴푸가 있는 것도 희한하고, 그걸 사는 사람이 있는 것도 신기하고, 또 그 사람이 우리 아들이라는 것이 어이가 없었다. 한편으로는 웃기면서도 오죽 했으면 하는 마음에 짠하기도 했다.

다시 살수기가 진격해 온다. 초록 물결 위로 뿌려지는 물줄기가 빛을 받아 보석처럼 반짝인다. 어린 시절, 가뭄 끝에 내리는 단비를 고스란히 맞으며 논둑에 서서 어른들이 했던 말이 떠오른다. "비 한 번 시원하게 오신다!" 얼마나 반가웠으면 비에 대해 존대했을까 싶다. 그동안 아들을 지켜보면서 가뭄에 갈라진 논바닥처럼 타들어 갔던 내 마음도 시원하게 적셔지는 듯하다.

응달쪽으로는 곳곳에 눈더미가 아직 남아 있다. 하지만 농장은 이미 봄 속에 있다. 아들의 봄은 온통 초록빛이다.

(2025)

# 뱃사공 노인

엄마와 함께 일본 여행 중이다. 이번 여행에서 좋은 것 중 하나가 매일 밤 온천욕을 즐길 수 있다는 점이다. 특히 노천탕은 정말 매력적이다.

저녁을 먹고 나서 숙소에 딸린 노천탕에 몸을 담근다. 아직은 찬 소소리바람이 사정없이 얼굴로 부딪쳐 와도 하나도 춥지가 않다. 머리는 상쾌하고 온천수에 잠긴 몸은 따뜻하다. 노곤하게 피로가 풀릴 즈음 낮에 만났던 뱃사공 노인이 생각났다.

오전 일정이 야나가와 뱃놀이였다. 일본의 베네치아라는 말에 잔뜩 기대했는데 생각보다 규모가 작았다. 우리 일행은 두 대의 나룻배에 나누어 탔다. 아쉽게도 하필이면 줄이 내 앞에서 끊기는 바람에 젊은 사공의 배를 타지 못했다. 우리 배의 사공은 노(老) 사공으로 얼핏 보아도 팔십이 넘어 보였다. 큰 키에 구부정한 허리, 사시랑이같이 마른 체구로는 긴 장대를 이용해 배를 미는 일이 아무래도 힘에 부칠 듯했다. 배가 출발하자 뱃사공이 '아리랑' 노래를 부르기 시작했다. 의외의 선곡이었다. 낯선 여행지에서 외국인이 부르는 우리 민요를 들으니 속상했던 마음이 조금 풀렸다. 일행들은 누가 먼저랄 것도 없이 노래를 따라 부르기 시작했다.

리듬을 타며 막 두 번째 아리랑고개를 넘어간 직후였다. 노 사공의 목청이 잦아들더니 가사를 얼버무리며 박자까지 오락가락, 막 오르려던 흥은 제풀에 꺼지고 노래도 흐지부지 끝나버렸다. 아리랑은 그렇다손 치더라도, 그 후로 제나라 말로 부르는 노래마저도 입안에서만 웅얼거리니 어떻게 호응해 줘야 할지 몰라 모두가 난감한 눈치였다. 볼품없는 몸매만큼이나 음치에 가까운 노래 실력이 적잖이 실망스러웠다.

박수와 추임새는 어느덧 그쳤고 사람들은 이제 끼리끼리 사진을 찍거나 잡담을 나누는 등 각자 다른 것에 집중하기 시작했다. 나도 슬며시 주변 풍경으로 눈을 돌렸다. 오른쪽으로 끼고 도는 작은 섬에 옛 성이 한 채 있는 것으로 봐서 아마도 전쟁 대비용으로 성을 둘러 파놓은 해자(垓子)를 뱃길로 개발한 것 같다. 왼편 둑을 따라 군데군데 꽃이 활짝 핀 매화나무가 보였다. 잔물결 살랑대는 수면 위로 늘어진 고목들 사이를 천천히 흘러가다 보니 그런대로 운치가 있었다.

얼마나 갔을까. 저만치 앞쪽에 젊은 사공의 놀잇배가 보였다. 신나는 트로트 가락이 한창이어서 배까지 들썩들썩하는 것 같았다. 다리 근처에 이르자 젊은 사공이 갑자기 경상도 사투리로 "수구리!"하고 소리쳤다. 뒤이어 사람들이 차례로 엎드리는 모습이 보였다. 다리가 낮아서 수그려도 머리가 닿을 듯한데 그 밑으로 별일 없이 배가 들어갔다. 반쯤 들어갔을 때, 별안간 뒷전에 서 있던 젊은 사공이 장대를 짚고 다리 위로 훌쩍 뛰어 올라가는 게 보였다. 그러고는 재빨리 다리를 가로질러 반대편으로 뛰어내렸다. 앉아 있는 사람들은 엎드려서 밑으로, 사공은 뛰어올라서 위로 다리를 통과하는 것이 뱃놀이의 깜짝 이벤트였구나. 딱히 볼거리가 없는 심심한 뱃놀이에 꽤 흥미로운 퍼포먼스였다.

드디어 우리 배도 다리 앞에 도착했다. 노 사공도 "수구리!" 외쳤다. 엎드린 채 나는 얼른 고개를 돌려 뒷전을 쳐다봤다. 좀 전에 본 장면이 있기에 우리 사공의 퍼포먼스를 직관할 생각이었다. 아무리 높지 않다고 해도 노인의 몸으로 움직이는 배에서 다리난간으로 뛰어오르는 것은 쉬운 일이 아닐 터, 걱정되면서도 그가 펼칠 깜짝쇼가 궁금했다. 기대 반 호기심 반 숨죽이며 뒤쪽만 바라보고 있는데 우리의 노 사공, 천천히 장대를 수평으로 눕히더니 빠르게 제자리에 쪼그려 앉는 게 아닌가. 우리는 그렇게 전원 밑으로 다리를 통과했다.

팽팽했던 내 기대는 김빠진 맥주처럼 싱겁게 끝났다. 허탈하게 혼자 웃다가 마음 한편에 야속한 생각이 들었다. 아무리 노인이어도 직업의식은 있어야 하지 않나? 퍼포먼스를 할 수 없다면 다른 일자리를 찾아봐야지. 뱃사공이라면 뱃놀이를 흥겹게 이끌어갈 의무가 있다고 생각했다. 놓친 고기가 더 커 보인다고, 앞 배에선 흥이 절정에 달한 것 같았다. "야, 야, 야, 내 나이가 어때서…." 속 모르는 떼창 소리가 하늘을 찔러대는데, 설상가상 빗방울마저 한두 방울 날리기 시작했다. 어서 빨리 뱃놀이가 끝났으면 하는 마음뿐이었다.

배는 어느덧 출발했던 곳으로 돌아가고 있었다. 선착장이 보일 즈음, 노 사공이 다시 노래를 부르기 시작했다. 이번엔 움츠러든 목소리가 아니었다. 주름진 목에 잔뜩 핏대를 세우고 발까지 꽝꽝 굴러가며 전에 없이 적극적으로 호응을 유도하기까지 했다. 영문을 몰라 의아했지만 일단 신나게 따라 불렀다. "둥글게 둥글게, 짝" 발 구르는 타이밍에 손뼉을 쳐가면서 앞 배에 탄 사람들이 듣도록 고래고래 목청껏 노래를 불렀다. 마치 우리도 내내 너무 신이 나서 흥을 주체 못 했다는 듯이 말이다. 도착할 때까지 그러고 나니까 기분이 조금 나아졌다.

배에서 내릴 때는 노 사공이 일일이 손을 잡아 도와주었다. '뒤늦게 웬 친절이람?' 벗어놨던 신발을 찾아 신는데 노 사공이 다가와 쭈뼛쭈뼛 손을 내밀었다. 어쩐지…. 무슨 의미인지 짐작했지만, 그냥 모른 척 지나쳤다. 팁 문화가 일반화된 나라도 아니고, 안 준다고 해서 예의에 어긋날 것은 없다고 생각했다. 아니, 그보다도 팁을 줄 만큼의 서비스를 받지 못했다고 생각했기 때문이었다. 나중에 안 사실이지만, 선착장에 도착할 즈음 특히 노랫소리가 커졌던 이유는 근처에 사무실이 있어서였단다. 회사에서는 손님들의 호응 소리를 듣고 뱃사공들을 평가한다고 했다. 노 사공이 그토록 의욕적으로 돌변한 이유를 알고 나니 더더욱 씁쓸했다.

그런데 참 이상하다. 생각할 마음도 생각날 이유도 없는데 그 뱃사공 노인이 자꾸 생각나는 이유는 뭘까. 아까 도자기 마을에 갔을 때도 저녁 식사 시간에도 잠깐잠깐 노 사공이 떠올랐었다. 입속에서만 웅얼거리던 노랫소리며 웅크려 다리 밑을 통과하던 볼품없는 모양새와 부끄럽게 내밀던 주름진 손바닥이 계속 신경이 쓰인다. 그때 주머니에 군것질하고 거슬러 받은 오백 엔 동전도 몇 개 있었는데, 아무래도 팁을 드리고 올 걸 그랬나 보다.

(2018)

# 남편의 본색

　벚나무길에 단풍이 들기 시작했다. 여름 끝자락부터 새치처럼 드
문드문 보이던 노란 잎은 이제 멀리서도 확연할 만큼 제 색을 드러내
고 있다. 바닥에 깔린 단풍잎 몇 장만으로도 제법 가을 정취가 묻어
난다.

　봄부터 초록 잎들은 열심히 광합성을 했다. 본능적으로 몸집을 불
리고 땅속으로 잔뿌리를 촘촘하게 뻗어내고 내년에 새순을 틔울 수
있을 만큼의 양분도 비축했다. 무엇보다 비바람 속에서도 꽃을 피우
고 열매를 맺어 키워낸 것을 매일 아침 이 길을 오가며 보지 않았던
가. 그렇게 떠나보낸 씨앗들은 봄이 되면 이곳저곳에서 싹을 틔울
것이고, 그중 한둘 정도는 큰 나무가 되어 어미의 뒤를 이어갈 것이
다. 그만하면 나무가 할 일은 다 했다. 그러니 홀가분한 마음으로
단풍 들어가면서 가을볕과 바람을 즐겨도 좋으리라.

　단풍이 든다는 것은 더는 광합성을 할 필요가 없게 되면서 엽록소
가 빠져나가고 그러면서 원래 가지고 있던 색소가 드러나는 것이라

고 한다. 이파리에 차곡차곡 쌓아온 엽록소가 빠지기 시작한 잎들은 그래서 그런지 한결 가볍고 여유 있어 보인다. 떨어진 단풍잎 하나를 집어 자세히 살펴보니 작은 벌레 구멍이 여러 개 나 있다. 검버섯처럼 잎 가장자리로 거무튀튀한 반점도 박혀 있고, 색깔도 몇 가지 색이 섞여 딱히 붉다고 말할 수도 없을 것 같다. 그런데도 예쁘다. 혹독했던 여름을 지나며 훈장처럼 받은 상처이기에 더 멋스러운 것일까.

가끔 오래된 책을 펼쳤다가 납작하게 말라버린 단풍잎을 발견할 때가 있다. 여고 시절 책갈피에 끼워 두었던 것들이다. 그때는 가을이면 일부러 예쁜 단풍잎을 골라 두꺼운 책 속에 넣어두고는 했었다. 무조건 깨끗하고 온전한 모양, 색깔이 선명한 단풍잎을 좋아했었다. 근데 요즘은 왜 흠집도 있고 색깔도 그저 그런 평범한 단풍잎이 눈에 들어오는 것일까? 왜 벌레에게 내어준 마음 구멍이 먼저 보이고 자꾸 여기저기 묻어나는 삶의 흔적들에 정감이 가는 것일까. 사람도 마찬가지다. 중년을 훌쩍 넘기고도 주름 하나 없이 팽팽한 얼굴보다는 삶의 흔적이 묻어 있는 푸근한 얼굴이 더 친근하게 느껴진다. 아마도 내 모습이 그와 비슷해서 그런 것 같다.

아이들이 둥지를 떠난 뒤부터 나는 내 안에 품은 색소를 찾기 시작했다. 지금까지는 몰랐던 의외의 모습에 신기했고, 내게 이런 소질과 열정이 있다는 사실에 가슴 벅찼다. 삶이 점점 자유롭고 풍성해지는 느낌이다. 곁에서 지켜보는 남편은 이런 나를 낯설어하면서도 보기 좋다며 부러워한다. 그러면서도 정작 본인은 좀처럼 자신의 엽록소를 내려놓지 못하고 있다. 그는 광합성이 삶의 전부인 사람처럼 일에 몰두해 살아왔다. 일할 때는 눈빛이 반짝반짝 빛나다가도 일하지 않는 시간엔 뭘 해야 할지 몰라 생병이 나는 사람이다. 자신을 위해 쓰는 시간과 돈에는 선뜻 투자할 줄 모른다. 물론 그 덕에 내가 자식 셋 키우며 큰 고생 안 하고 살아온 것은 감사한 일이다. 하지만 그런 남편을 보면 안타깝다. 남편도 이젠 그가 가진 색으로 단풍 들어도 좋으련만. 남는 시간에 나만 바라보는 것도 부담스럽고, 취미 생활 한 가지도 선택하지 못하는 남편이 답답해서 이것저것 권해보던 중이었다.

그러다 남편이 목공을 배워보고 싶다고 했다. 오랜만에 만난 친구가 전통 가구를 만드는 장인이 되었다며 목공 일이 재미있을 것 같다고 했다. 드디어 남편의 심장을 뛰게 할 일을 찾은 것 같다. 근처에서 목공방을 운영하는 막내 매형의 도움을 받을 수도 있으니 얼마나 잘된 일인가. 응원하는 의미에서 나도 도울 테니 원목 캣타워를 만들어 보자고 제안했다. 남편의 본색은 무슨 색일까? 어쩌면 나보다 더 고운 색을 품고 있을지도 모르겠다. 그의 새로운 삶이 기대된다.

그런데 마음 한구석 슬며시 고개 드는 걱정 한 가지가 있다. 설마 단풍 드는 일도 광합성처럼 죽기 살기로 하지는 않겠지?

(2021)

# 우선 일 년

한편으로는 덜 무겁고 한편으로는 더 무거운 마음이다. 결심하고 나니 마음은 한결 가벼워졌지만, 그 결정이 불러올 일들을 생각하면 또 얹힌 듯 가슴이 답답해진다는 게 솔직한 심정이다.

추석이 지난 뒤에 다시 인천 시누이댁으로 가시기로 했던 어머니가 갑자기 마음을 바꾸셨다. 어머니는 그냥 시골집에서 혼자 지내겠다고 고집을 피우셨다. 추석 전날 저녁 식탁에서 나눈 대화가 내내 마음에 걸리기는 했다.

"니네 집에 있으면 안 되냐?"

"죄송해요, 어머니. 제가 자신이 없어요."

그때 남편의 침울했던 표정도 생생하다. 사실은 내가 맏며느리도 아니고, 어머니를 꼭 모셔야만 하는 건 아니다. 그런데 어머니가 우리와 함께 살고 싶다고 하시니 고민이 깊어질 수밖에.

얼마 전에 어느 산문집에서 읽었던 글이 떠올랐다. 한 노인이 택시 기사에게 바로 가면 20분 거리의 목적지를 시내를 통과해서 가자고 한다. 노인이 추억이 깃든 장소마다 택시를 멈춰 세우고 말없이 바라보곤 하면서 한참을 돌아 도착한 곳은 요양원이었다. 택시 기사조차 요금을 안 받겠다고 말했다. 생의 마지막 기쁜 순간들을 가질 수 있게 해줘서 고맙다고 인사하고는 노인은 요양원 문으로 들어간다. 아마도 노인은 따뜻한 기억을 간직한 채 떠났을 거라고 작가는 말하고 있다. 우리가 하는 말과 행동, 내미는 손길이 누군가에게는 인생의 마지막 순간일 수 있다는 것이다. 그 글을 읽고 나도 그 택시기사처럼 앞으로 누구에게든 되도록 따뜻한 시선으로 바라보리라 생각했었다. 하물며 어머니임에랴.

고민 끝에 남편에게 우선 일 년만 모셔보자고 했다. 다만 몇 가지 조건을 내걸었다. 나는 지금이 내 인생에서 가장 빛나는 황금기라 생각한다. 매월 마감 맞춰 글을 써내야 하는 피 말리는 작업조차 삶의 탄력으로 여긴다. 독서 모임에서 어려운 책들을 필사하며 읽어나가는 일도 즐거운 고통이고, 내년에는 한국방송통신대 국문학과에 편입할 계획도 세웠다. 또 학교에서 방과 후 수업으로 민화를 가르치는 일, 맘이 맞는 사람들과 가끔 운동 나가는 일도 빼놓을 수 없는 기쁨이다. 그런데 어머니와 함께 살게 되면 이 모든 걸 못 하게 될까 봐 걱정된다고 솔직하게 말했다. 남편은 내가 계속 황금기를 이어갈 수 있도록 최대한 돕겠다고 약속했다. 다른 형제들도 필요할 때 며칠씩은 당연히 도울 거라고도 했다. 이미 마음으로는 결정해 놓고도 그날 밤은 엎치락뒤치락 거의 뜬눈으로 밤을 새웠다.

이런 내 결정에 대해 주변에선 대부분 우려 섞인 걱정들이 많았다. 물론 큰 결심을 했다며 응원도 많이 해줬다. 내가 과연 잘할 수 있을까? 혹시 나중에 어머니나 나나 서로 상처받고 후회하게 된다면 시작하지 않느니만 못한 것은 아닐까. 하루에도 몇 번씩 오락가락 고민하는 나에게 누군가 '현재 부재중' 하지 말라는 말을 해줬다. 아직 일어나지 않은 미래를 걱정하느라 소중한 현재를 비워두지 말라는 얘기였다. 그래, 미리 걱정하지 말자. 생각만큼 힘들지 않을지도 몰라!

이제껏 이름만 가족이었지 늘 '시어머니와 며느리' 만큼의 거리가 있었을 것이다. 이제 그 불필요한 틀에서 벗어나 같은 여자 입장으로 부담 없는 동거를 시작해 볼까 한다. 영영 늦기 전에 진짜 가족이 되어볼 좋은 기회일지도 모르지 않는가.

어머니는 올해로 망백(望百), 백 세를 희망하는 나이라지만 작년보다 확연히 약해지신 모습에 불경스럽게도 근심이 앞선다. 열여섯에 시집와서 7남매 키우느라 껍데기만 남은 한 여인의 삶에 귀 기울여 보리라. 우선 일 년, 거창하진 않아도 소소하게 행복한 추억 몇 가지는 만들어야겠다. 누가 알겠는가. 그러다 보면 '시(媤)'자 사라진 그 자리에 끈적한 정이 차오를는지.

(2023)

# 방향타 잡기

성당 울타리에 벽보가 붙었다. 매일 운동 삼아 걷는 길 중간 지점에 우리 동네 성당이 있다. 여름 내내 울타리를 지나칠 때마다 철망을 쪼르륵 타고 올라간 보랏빛 나팔꽃을 볼 수 있어서 행복했다. 얼마 전 그 울타리에 기다란 선거 벽보가 걸렸다. TV에서 자주 본 몇몇 사람 외에도 낯선 얼굴들까지 무려 14명이나 되어서 깜짝 놀랐다. 이번 대통령 후보가 이렇게 많은 줄 처음 알았다.

어제 후보들의 TV 토론을 보았다. 문득 최근에 책에서 본 인디언의 원형사회가 떠올랐다. 인디언들은 부족 회의를 할 때 계급 없이 둥그렇게 둘러앉는다. 그들은 안건을 토의할 때 말하는 지팡이를 사용한다. 말하는 지팡이를 손에 쥐고 있는 사람만 발언권을 주어지는 것이다. 나머지 사람들은 침묵하며 오로지 지팡이를 가진 사람의 말에 귀를 기울여야 한다. 대신 말하는 지팡이를 잡은 사람은 가슴에서 나오는 진실만을 말해야 한다는 것이 암묵적인 법칙이다. 또 지위에 상관없이 모두의 의견은 똑같은 비중으로 반영된다. 인디언 사회에서는 추장이라 할지라도 부족 사람들의 뜻에 따를 때만 그 지위가 보장된다. 만일 그가 혼자서 모든 것을 결정하려고 들면 밤에 잠든 사이에 부족 사람들은 천막을 챙겨 다른 곳으로 떠나 버린다. 인디언들은 추장을 바꾸기 위해 문명인들처럼 구태여 4년을 기다려 선거를 치를 필요가 없는 것이다.

얼마 전 남편도 지역에 있는 조합의 이사 후보로 출마했었다. 지금까지 8년 동안 해온 일이었기에 떨어질 거라고는 예상치 못했다. 그날 밤늦게 뜻밖에도 낙마 소식을 듣게 되었다. 남편과 마주 앉아 위로의 포도주를 한 잔씩 나눠마시고 잠자리에 들었다. 선거 과정에서 석연치 않은 부분이 있었다더니, 남편은 여러 생각들로 쉽게 잠들지 못하는 듯했다. 그런 남편의 심정이 헤아려져 나 역시 뒤척였다. 다음 날 아침 남편의 표정에서 요동치던 감정이 잦아들었음을 읽을 수 있었다. 남편은 단지 사람들 보기가 좀 창피하다고 했다. 나는 죄를 짓거나 나쁜 일을 도모한 것이 아니므로 부끄러워할 이유가 없다고 말해주었다. 그 말이 얼마간 위로를 해주었을지는 모르겠다. 다만 남편이 평정심을 찾았다는 것이 중요하다.

인디언의 말 중에 이런 말이 있다.

"결혼은 두 사람이 카누를 타고 여행할 때 남자가 앞쪽에 앉아서 노를 저어 나가지만, 방향타는 뒤쪽에 앉아 있는 여성이 잡는 것과 같다."

생각해 보니 우리가 결혼해서 30여 년 여행하는 동안 그래도 내가 방향타를 잘 잡고 있었던 것 같다. 예상치 못한 바람이 불어올 때마다 방향타를 굳건히 잡아주었기에 휩쓸려 떠내려가지 않고 여기까지 나아올 수 있었으니까.

후보들은 저마다 자신을 알리기 위해 최선을 다하는 모습이다. 유행가를 개사한 선거로고송을 부르고, 노래에 맞춰 신나게 율동까지 하는 유세 장면을 보면 행사장을 보는 듯 흥겹기도 하다. 하지만 그런 겉모습만으로 누가 적임자인지 판단하기는 어렵다. 보여주는 부분 말고 본심을 알 방법이 있다면 얼마나 좋을까. 문득 후보자들에게 마이크 대신 인디언 지팡이를 들려주는 상상을 해본다. 모쪼록 이번 선거는 당선된 사람도, 낙선의 고배를 마신 사람들도, 표를 행사한 유권자들까지 모두가 부끄럽지는 않은 선거가 되었으면 한다.

나팔꽃의 꽃말이 기쁜 소식이라는데 과연 누가 기쁨을 줄 사람일지 이제부터 선거공보 전단을 펼쳐 살펴보고 따져볼 참이다. 방향타를 제대로 잡기 위해서, 부끄러운 유권자가 되지 않기 위해서.

(2022)

# 유모차 부대

큰길가에서 유모차 한 무리와 마주쳤다. 엇비슷한 나이의 젊은 엄마 대여섯이 고만고만한 유모차를 앞세워 걸어오고 있었다. 근처에서 무슨 육아 강좌라도 있었는지 서로 의견을 나누는 눈빛이 진지하다. 아침에 본 기사 때문인지는 몰라도 괜히 기특한 마음이 들어 재빨리 길을 비켜주었다. 유모차 부대는 마치 전쟁에서 승리한 병사들처럼 인도를 점령한 채 보무(步武)도 당당하게 내 옆을 지나쳐 갔다.

기사에서는 2022년 우리나라의 합계출산율이 0.78명으로 세계에서 가장 낮다고 했다. 여성 한 사람이 가임 기간에 출산하는 아이의 총합이 한 명도 안 된다는 이야기다. 언젠가 어떤 인구학자가 '인구소멸 국가 1호'로 한국을 지목했던 기억이 난다. 이렇게 가다가는 정말 그 예언이 현실이 될 수도 있겠다는 걱정을 지울 수 없다. 요즘 청년들을 N포 세대라고 부른다는데, 그 포기하는 여러 가지 목록 상단에 결혼과 출산이 있단다. 저 하나 살아 나가기도 힘겨운 상황에서 가정과 아이를 책임져야 하는 일은 분명 엄청난 부담감으로 작용할 것이다. 출산율이 저조할 수밖에 없다. 이것을 어찌 청년들 탓으로만 돌릴 수 있겠는가.

많은 청년이 비혼을 택하거나 결혼하더라도 아이를 낳지 않으려는 가장 큰 이유는 자식에게 밝은 미래를 물려줄 수 없으리라는 암담한 현실 때문인 것 같다. 만약 경제적 시간적 제약 없이 일과 육아를 병행할 수 있고 자유롭게 미래를 꿈꿀 수 있는 사회라면 굳이 아이를 낳지 않을 이유가 없을 테니까. 사태를 이렇게 만든 것이 우리 기성세대의 잘못은 아닐까? 그렇다면 어른들이 청년들에게 다시 희망을 찾아주어야 하지 않을까. 한 아이를 어엿한 성인으로 키워내는 일이 얼마나 보람되고 숭고한 일인지 느끼고 자발적으로 아이들 소리가 넘쳐나는 활기찬 사회를 만들어 나갈 수 있도록 적절한 정책과 제도가 확립되기를 기대해 본다.

이미 실행되고 있는 여러 가지 출산·육아정책과 제도가 있기는 하다. 하지만 실효를 거두지 못한 걸 보면 제도가 있다는 것만으로 문제가 해결되지는 않는 듯하다. 얼마 전 TV에서 육아휴직을 끝내고 복직했더니 울산에서 서울 지역으로 발령이 나 있더라는 젊은 아빠의 사연을 보았다. 가족과 떨어져 생활할 수도 없고 서울로 이사할 형편도 아니어서 안타깝지만 울며 겨자 먹는 심정으로 직장을 그만두었다는 것이었다. 그런 불이익을 감당하면서까지 육아휴직을 쓸 사람이 몇이나 되겠는가.

독일에서는 어린 자녀를 둔 부모의 경우 회사에서 출퇴근 시간을 유연하게 조정할 수 있게 해준다고 한다. 아빠의 육아휴직도 보편화되어 있고, 우리나라처럼 불이익을 받는 일은 없다고 한다. 국가와 기업과 학교가 유기적으로 연계하여 마음 놓고 아이를 낳아 기를 수 있는 사회 분위기를 만들어주는 것이다. 우리나라도 이처럼 가족 친화적인 사회로 나아가야 하지 않을까. 일시적인 기대효과가 아닌 자발적 동참으로 이끄는 거시적인 안목에서의 정책이 필요하다고 본다.

일전에 나는 손주를 안 봐주겠다고 선언했었다. 삼 남매의 손주들을 다 봐주다가는 뒤늦게 찾은 내 노년의 황금기를 놓쳐버릴까 봐 미리 선수를 쳤던 것이었다. 하지만 요즘 시대에는 누군가의 도움이 없다면 일과 육아를 병행하기가 쉽지 않다. 어쩔 수 없이 기성세대의 보필이 필요한 것이다. 혹시 우리 딸들이 아직 아이를 갖지 않는 것이 내 선언 때문인가 싶어 마음이 편치 않다. 아무래도 할 수 있는 만큼은 돕겠다고 말해야 할까 보다.

위로는 부모 봉양하고 아래로는 자식들 키우느라 희생하고 거기에 황혼 육아까지, 우리 세대 중년 여성들의 삶은 어찌 이리 고단할까.

(2023)

# 복날에 드는 생각

중복이다. 점심에 닭 한 마리 사다 백숙이라도 끓여야 하나 생각하던 참에 삼계탕 먹으러 가자는 남편의 말이 반갑다. 평상시에도 잘 챙겨 먹는 요즘에도 복날이면 으레 보양식을 찾게 된다. 영양가 높은 음식을 먹어 무더운 여름을 무탈하게 보내려는 풍습은 옛날부터 이어오는 관습이다.

어린 시절, 복날이 되면 어른들은 개울가에 모여 천렵을 하곤 했다. 한 번은 천렵하는 옆에서 친구들과 신나게 멱을 감고 돌아왔는데 친구네 개가 사라졌다는 것이다. 다 같이 여기저기 한참을 찾아다녔지만 끝내 찾지 못했다. 개는 죽을 때가 되면 제 죽을 자리를 찾아 산으로 들어간다며 어른들은 우리를 달래주었다. 지금 생각해 보면 우리는 어렴풋이 어른들의 만행을 눈치챘었던 것 같다. 하지만 새로 데려온 귀여운 강아지에 마음이 팔려 금방 그 사실을 잊어버렸다. 그 하얀 거짓말이 혹시 어린 마음이 상처받지 않게 하려는 배려였다고 생각하고 싶은 것은 이제 내가 그 '어른'이 되었기 때문일지도 모르겠다.

사실 우리나라에는 옛날부터 복날에 개장국을 먹는 음식문화가 있었다. 『우리가 정말 알아야 할 우리 음식 백 가지』에는 개장국이 우리나라의 대표적인 복날 보양식으로 나와 있다. 개의 기운이 여름철 기운을 누른다는 의미로 오행설을 들어 복날 개장국을 설명하고 있다. 영양학적으로도 개고기의 단백질은 아미노산 조성이 사람의 근육 조성과 비슷해서 흡수율이 높다고 한다. 그래서 종종 수술 후 회복기 환자들에게 개장국을 추천하기도 한다.

언제부터인가 개장국은 보신탕, 영양탕, 사철탕 등으로 불리기 시작한다. 주재료를 드러내지 않는 이름으로 바뀐 것이다. 동물애호가나 반려견을 키우는 사람들이 늘다 보니 자연스럽게 개장국을 혐오 식품으로 여기는 사회의식이 생겨났다. 특히 88 올림픽이 있던 해에는 '대외적 이미지' 때문에 개장국을 파는 음식점을 집중적으로 단속하기도 했다. 지금도 우리나라에서는 공식적으로 개고기를 식육으로 인정하지 않는다. 그래서 오히려 도살이나 유통이 불법적이고 비위생적으로 이루어지는 경우가 많다. 그것 때문에 더 혐오스럽게 생각하게 되는 것 같기도 하다.

외국에도 동물 학대 논란을 일으키는 혐오 음식들이 많다. 중국의 오리 발바닥으로 만든 '카오야장'은 요리법이 잔인하기로 유명하다. 살아 있는 오리를 가열된 철판에 올려놓고 뜨거워서 뛰어다닐 때 양념을 뿌려 발바닥에 배어들게 하면서 익혀 먹는 음식이라고 한다.

프랑스의 '푸아그라'라는 거위 간으로 만드는 요리인데, 거위의 간을 좀 더 크고 기름지게 만들기 위해 목에 튜브를 끼우고 강제로 먹이를 밀어 넣는다고 한다. 불매운동으로까지 이어진 '루왁 커피'도 있고, 자라를 산 채로 뒤집어 불 위에 올리는 자라 냄비 요리나 곰발바닥요리, 삭스핀 등 인간의 탐욕으로 생겨난 잔인한 요리가 많다.

언젠가 안도현의 시 '스며드는 것'을 읽은 후 나는 간장게장을 먹지 못한다. 간장게장을 보면 알을 품고 서서히 간장에 잠겨 가는 엄마 꽃게의 심정이 떠오르기 때문이다.

무엇을 먹어야 하는 걸까? 개장국은 안 되고, 소고기 닭고기 돼지고기는 먹어도 괜찮은 걸까? 영계로 만든 삼계탕은? 모진 겨울을 견디고 애써 올라온 두릅나무의 첫 순을 따 먹은 것은 너무 비정하지 않은가. 사람들은 맛있는 음식의 비결로 생물(生物), 어리고 연한 것, 갓 따온 신선한 재료를 최고로 친다. 이 세상에 욕심 아닌 음식이 어디 있기나 할까.

그렇다고 먹지 않고 살 수는 없는 노릇, 다만 음식을 대하는 자세를 말하고 싶다. 무엇을 먹는가 보다는 어떻게 먹느냐가 기준이어야 한다고 생각한다. 내 몸에 들어와 피가 되고 살이 되어줄 또 다른 생명에 대한 최소한의 예의를 지킬 일이다. 필요한 만큼만 취해서 감사한 마음으로 먹는 것, 그것이 내가 찾은 답이다.

(2020)

# 고추장 담그던 날

차창 밖은 바야흐로 봄이다. 길가로 만개한 벚꽃잎이 봄 풍경을 제대로 자아내고 있다. 지나치는 산마다 분홍, 연두, 초록이 몽글몽글하게 부풀어 있다. 사랑스러운 한 폭의 파스텔화 같다. 문득 '봄조차 빼앗길까', 절망을 노래하던 시 한 소절이 생각났다. 해를 넘기도록 수그러들 줄 모르는 '팬데믹'에 두렵고 지쳤나 보다. 나무들이 앞다투어 반짝이는 새순들을 피워내고 있는 지금, 코로나에 빼앗긴 들에도 어느새 봄은 성큼 와 있다.

고추장을 담그러 친정에 가는 길이다. 남편도 시간이 된다고 해서 함께 일찍 나선 참이다. 결혼하고 지금까지 늘 가져다 먹기만 했지 한 번도 도와드리지 못한 일이 항상 마음에 걸렸었다. 이번에는 꼭 거들면서 고추장 담그는 법도 배울 생각이다.

친정까지는 자동차로 두 시간이 채 안 걸린다. 그전에는 청평 쪽으로 돌아서 갔기 때문에 먼 길이었는데, 중부내륙고속도로가 개통된 뒤로 시간이 반으로 줄었다. 길도 좋아서 엄마가 혼자되신 뒤로는 나 혼자도 운전해서 여러 번 갔었다.

어느새 양평 나들목을 지나간다. 여기까지만 오면 나는 왠지 다 온 것 같은 착각을 하곤 한다. 중미산을 넘어 친정집에 도착하려면 족히 20분은 더 걸릴 텐데 말이다. 남편 말이, 엄마를 보러 가는 길이라서 그런 것이란다. 맞을지도 모르겠다. '엄마'란 태어나기 전에 뱃속의 열 달부터 함께였으니까 누구에게든 세상에서 가장 오래 함께한 존재다. 그래서 사람들이 '엄마'라는 말만 들어도 가슴으로 반응하는 것이 아닐까?

오전 여덟 시쯤 친정에 도착했다. 간단히 한술 뜨고 남편이 화덕에 불부터 지피기 시작했다. 하지만 자신이 있다던 말과는 달리 매운 연기만 꾸역꾸역 나오고 있다. 남편이 눈물 콧물 범벅이 되자 엄마가 부지깽이를 건네받았다. 나무토막을 이리저리 움직여 가운데에 공간을 만들어 보지만 신통치 않다. 나무가 덜 말라 불이 안 붙는 모양이다. 엄마는 젖은 등걸을 빼내고 남편이 뒤꼍에서 찾아온 마른 나뭇가지를 넣었다. 그러자 비로소 불길이 아궁이 뒤쪽으로 힘차게 빠지기 시작했다. 타닥타닥 불꽃이 잘도 타오른다.

엿기름을 끓이는 솥에 김이 나기 시작한다. 드디어 내가 나설 차례다. 찹쌀가루를 넣고 눌어붙지 않게 커다란 주걱으로 열심히 저어준다. 뜨겁기도 하고 팔도 아팠지만 마음은 뿌듯했다. 조금씩 거품이 올라오기 시작하자 갑자기 엄마가 아궁이에서 잘 타고 있는 등걸을 몇 개 빼냈다. 불이 세면 홀떡 넘치는 수가 있다는 것이다. 불도

과유불급인가 보다.

어느 정도 시간이 지나자 엿기름이 말갛게 삭았다. 그대로 조금 더 끓인 뒤 한 김 식혀 큰 그릇에 쏟았다. 거기에 고춧가루와 메줏가루, 소주, 개복숭아 청을 차례로 넣어가며 덩어리 없어질 때까지 또 계속 휘젓는다. 그런 다음 소금으로 간을 맞춘 뒤, 항아리에 퍼담고 그 위에 소금을 덮어주면 된다. 엄마 말씀이 위에 덮은 웃소금이 3일 만에 다 녹으면 간이 딱 맞는 거란다. 오랜 경험으로 터득한 삶의 지혜이리라.

다 담고 보니 얼추 두 항아리다. 몇 년은 넉넉하겠다며 흡족해하시는 엄마의 주름진 얼굴에 윤기가 흐른다. 그 모습 위로 『오래된 미래』에서 사진으로 보았던 라다크 노인들의 얼굴이 겹쳐 보였다. 하나같이 환한 웃음을 머금고 있던 행복한 얼굴들. 그 나라에서는 노인들이 생활 속 모든 부분에 참여하기 때문에 소외되거나 외로워할 틈이 없다. 나이가 들었다는 것이 곧 값진 경험과 지혜를 가졌다는 의미가 된다. 라다크는 늙어도 행복한 나라다.

나는 엄마가 앞으로도 지금처럼 매일 만 보씩 걷고 여러 가지를 배우러 다니고 작은 텃밭도 일구면서 행복한 노인으로 살아가시길 바란다. 그러면 그런 엄마를 나는 또 배워갈 것이다.

오늘은 햇살이 좋고 바람도 없다. 고추장 담그기에 참 좋은 날이다.

(2021)

# 탈출! 쇼퍼홀릭

어제 또 충동구매를 했다. 아들이 여름 이불이 필요하다 해서 이번 주말에 매장에 들러 사주려고 했는데 혹시나 하고 틀었던 홈쇼핑 채널에서 마침 판매되고 있는 여름 이불을 보았다. 방송 중에 사면 퀸사이즈에 싱글사이즈 이불을 얹어 준단다. 게다가 베갯잇과 베개 솜까지 사은품이라니 이게 웬 떡인가 싶어 바로 핸드폰을 눌러 주문했다. 퀸사이즈 이불은 당장 필요한 것이 아니어서 살짝 후회했지만, 오늘 아침 설거지를 마쳤을 때 이미 이불은 현관문 앞에 도착해 있었다. 에라 모르겠다. 이참에 우리도 새 이불을 덮기로 한다.

요즘 쇼핑은 참 쉽다. 물건을 고르는 일도 값을 치르는 일도 너무 간편하다. 또 혹시 마음에 들지 않아 교환, 반품하게 되더라도 집 안에 앉아 전화나 클릭 몇 번으로 간편하게 해결할 수 있다. 홈쇼핑이나 온라인 쇼핑몰의 급격한 성장은 소비문화를 바꿔놓았다. 넘쳐나는 물건들 속에서 쉽게 사고 쉽게 버리는 게 일상이 되어버렸다. 더 좋은 것을 더 많이 소유하고 싶어 한다. 문제는 생활필수품보다는 기호 사치품에 더 열을 낸다는 것이다. 몽당연필을 볼펜 깍지에 끼워 쓰던 시절은 옛날이야기에나 등장하는 유머처럼 느껴진다. 세상이 각박해지면서 사람들은 공허한 마음을 채우기 위해 꾸역꾸역 물건을 사들이는 것은 아닐까?

풍족하게 자라지 못해서인지 나도 물건에 대한 욕심이 많은 편이다. 육아에서 벗어나 시간적 여유가 생긴 즈음부터 홈쇼핑 방송을 보기 시작했다. 세상에 좋은 물건이 왜 그리도 많은 것인지 보는 족족 다 사고 싶어졌다. 째깍째깍 초침 소리는 마음을 조급하게 만든다. 지금 꼭 사야 할 이유를 대는 쇼호스트의 그럴듯한 말솜씨에 넘어가 자꾸 물건을 사기 시작했다. 필요 여부를 떠나 좋아 보이면 일단 샀다. 나중에 반품하면 되니까 습관적으로 그랬던 것 같다. 한두 번밖에 안 쓴 물건, 대량 구매로 다 쓰지도 못하고 쟁여둔 물건들, 기억하지 못하고 또 사버린 물건까지…. 집안 곳곳이 점점 상자들로 쌓여갔지만 사들이는 일을 멈출 수가 없었다. 어느 사이에 물건이 집안 전체를 점령하기 시작했다.

쇼핑중독자, 쇼퍼홀릭(shopaholic)이라는 신조어는 알콜중독자를 뜻하는 알코홀릭(alcoholic)이라는 단어에서 파생된 말이다. 그런 말이 생겨났다는 것은 쇼핑중독이 알콜 중독만큼 심각하다는 의미일 것이다. 일각에서는 쇼핑중독을 정신질환에 포함해야 한다는 의견도 있다고 한다. 다행히 나는 어느 순간 여기서 탈출해야 한다고 느꼈다. 하지만 벗어나기가 쉽지 않았다. 유혹을 이기지 못해 번번이 무너지기를 여러 번, '피하는 게 상책'이라고 결론을 내렸다. 홈쇼핑 채널 전부 찾아 일일이 리모컨에서 '지움' 해버렸다. 아예 보지 않으니 그제야 겨우 사지 않게 되었다.

　나중에 안 사실인데 내가 유혹을 이기지 못한 데는 또 다른 이유가 있었다. 우리는 알게 모르게 늘 누군가의 분석 대상이 된다고 한다. 기업에서는 맞춤 정보와 서비스를 내세워 개인정보를 수집하고 수많은 CCTV를 통해 행동 패턴을 연구 분석해 심리를 간파한다. 그렇게 얻어진 결과를 가지고 소비자의 개인 취향을 저격하는 상품을 만들어 미끼처럼 끊임없이 눈앞에 던져놓는다. 걸려들 수밖에 없는 것이다. 상품 배치, 파격 세일 문구, 9자로 끝나는 가격대 등 교묘하게 의도된 수많은 전략 속에서 우리의 패배는 어쩌면 예견된 일이었을 것이다. 자신도 모르게 다른 사람의 의도대로 쇼핑하게 되는 꼴이라고나 할까.

　그러니 정신 바짝 차려야 한다. 피하는 것도 온전한 탈출이 되지는 못한다. 내 의식 속에 깊이 자리 잡은 근본적인 물욕을 없애야만 가능하지 않을까 싶다. 이번 여름 이불은 그냥 덮기로 하지만 이참에 몇 가지 확실한 다짐을 해야겠다. 뭐든 꼭 필요한 만큼만 사자. 일단 세 번은 참자. 필요한 게 아니라면 공짜라도 취하지 말자.

(2021)

# 노을이 사위어가는 시간

밴드 알림이 울린다. 어머니가 다니는 주간보호센터 밴드에 글과 함께 오늘 활동한 사진이 올라와 있다. 생일잔치 동영상과 투호 놀이 사진이다. 통 안에 들어간 화살은 없지만, 어머니 얼굴에는 미소가 가득하다.

어머니가 주간 보호센터를 다니기 시작한 건 올봄부터. 작년 늦가을에 우리 집으로 오신 후 겨우내 집에만 계셨다. 온종일 TV를 틀어 놓고 식사 시간 외에는 침대에서 거의 누워서 지내셨다. 어머니는 성격이 활달하고 사교성이 좋으니 주간 보호센터에 다니시기를 권해드렸다. 하지만 골다공증이 심해 혹시라도 오가는 길에 다칠까 걱정되는지 선뜻 결정을 내리지 못하셨다. 그러다가 3월부터 '힘들면 언제든지 그만두기'로 하고 용기를 내셨다. 지금은 매일 미리 준비하고 기다리신다.

"내가 애기가 됐어."

노인이 되면 다시 어린아이가 된다는 말이 있다. 도움을 받아야 할 때마다 어머니는 미안한 듯 말씀하신다. 아기들이 걸음마를 배울 때 보행기가 필요하듯 어머니도 유모차를 닮은 보행기를 밀고 다니신다. 아이들이 유치원에 가듯 어머니도 매일 봉고차를 타고 주간보호센터에 다니신다. 그래서 주간보호센터를 '노치원'이라 부르기도 한다. 아무것도 혼자 할 수 없던 자식들을 돌봐 어엿한 어른으로 키워내신 어머니가 이제는 반대로 아기처럼 돌봄이 필요하게 된 것이다.

아침이면 나는 센터 차를 타고 떠나는 어머니를 배웅하면서 손을 흔든다. 그리고 돌아오는 시간에 맞춰 보행기를 가지고 나가 어머니를 마중한다. 우리 아이들이 유치원에 다닐 때처럼. 엄마와 떨어지는 게 불안한 아이를 안심시키기 위해 보이지 않을 때까지 손을 흔들어 주고, 돌아올 때는 미리 나가 기다렸던 그때와 같다.

아기들은 몸에 비해 머리가 커서 앉거나 서 있을 때 중심이 불안정하다. 삶의 경험이 오래 쌓인 노인들도 무거워진 머리로 인해 마음의 중심이 흔들릴 때가 있는 것 같다.

며칠 전 어머니가 꿈 이야기를 하셨다. 꿈에 아버님이 나타나 자꾸 오라고 손짓하시는데 어머니가 싫다셨다고 한다. 그 이야기를 듣는데 어머니의 복잡한 심경이 느껴졌다. '당신 때문에 아들 며느리가 힘들다'라는 생각과 '아무 걱정 없이 이대로 계속 살고 싶다'라는 상반된 마음이 뒤섞여 혼란스러우셨나 보다. 그것이 꿈으로 나타난 것 같다.

주간 보호센터에 다니시면서 어머니는 다시 예전의 유쾌한 모습으로 돌아오셨다. 경사로를 올라올 때 뒤에서 엉덩이를 밀어드리면 한결 수월하다 하실 정도로 기력은 많이 떨어지셨지만 예전의 생기찬 표정과 목소리, 웃음을 되찾으셨다. 나는 계속 이대로만 지내셔도 좋겠다는 생각을 해본다. 식구들과 함께 먹고 이야기 나누며 여생을 편안히 보내실 수 있다면 모시는 자식에게도 축복일 것이다.

밴드의 사진을 내려받아 따로 저장하며 어머니의 이 미소가 오래 계속되길 바라본다. 문득 어린 시절의 한 장면이 떠오른다. 친구들과 실컷 놀다가 각자 흩어지고 나면 붉게 물들었던 노을도 어느새 사위어 길은 이미 어둑해져 있었다. 혼자라는 생각에 갑자기 무섭고 슬퍼져서 "엄마!" 하고 소리치며 집으로 뛰어갔다. 곧 집에 도착할 것을 알면서도 그 순간에는 늘 불안했었다.

바라건대, 본향으로 돌아가는 길은 무섭지 않으면 좋겠다. 많이 외롭지도 또 너무 쓸쓸하지도 않았으면….

(2024)

# 청룡을 그리며

올해 농부가 된 아들 때문에 나는 요즘 예민하게 날씨를 살핀다. 비가 와도 눈이 와도 자꾸 농사를 떠올리게 된다. 성실하게 일하고도 하늘이 도와주지 않아서 한 해 농사를 망쳐버린 안타까운 경우를 종종 봐왔기 때문이다.

지난달 몇 주간은 틈만 나면 용 그림을 그리며 지냈다. 갑진년 청룡의 해를 맞아 청룡이 그려진 향초를 가까운 지인들에게 선물하기 위해서다. 민화에서 청룡은 벽사의 의미가 있다. 새해를 맞이하며 나쁜 기운을 막아주고 경사가 많이 생기라는 뜻에서 청룡을 그리기로 한 것이다. 향초 또한 소원 성취의 뜻이 있으니 새해 선물로는 안성맞춤이라고 생각되었다.

예로부터 사람들은 용에게 구름을 다스려 비를 내리게 하는 능력이 있다고 믿었다. 그래서 용을 백성을 보호하고 다스리는 왕에 비유하곤 했다. 왕의 얼굴을 용안(龍顏)이라고 하고, 왕이 앉는 의자는 용상, 의복은 용포라고 불렀던 이유이다. 또 서울의 용산처럼 전국

각지에 '용' 자가 들어간 지명이 많이 있는 걸 보면 그만큼 친숙한 존재로 여기며 신비로운 존재로 믿고 숭배했던 듯하다.

민화에 빠져들던 초창기에 공모전에 청룡도를 출품해 상을 받은 적이 있다. 그때 청룡의 얼굴이 의외로 귀여워서 놀랐었다. 날카로운 발톱으로 활활 불타오르는 여의주를 움켜쥐고 있는데 그 얼굴은 어딘지 모르게 순박한 아이 같다. 상상의 동물이라 그런지 몸 부위마다 여러 동물의 모습이 섞여 있는 것도 특이하다. 목은 뱀의 비늘이요, 머리엔 사슴의 뿔이 있으며, 배는 큰 조개 모양이다. 또 토끼의 눈과 소의 귀, 호랑이 발바닥에 매의 발톱을 가졌다. 신기한 건 이런 이질적인 조합들이 전혀 어색하지 않게 서로 어울린다는 점이다.

군청(群靑)과 미감(美紺)에 호분(胡粉)을 조금 섞은 산뜻한 푸른 빛으로 용의 몸통을 채색했다. 연녹색 갈기는 진한 황초(黃草)로, 여의주 불꽃은 양홍(洋紅)으로 바림하며 숨결을 불어 넣듯 마지막까지 정성스럽게 붓질했다. 청룡이 가진 상서로운 기운이 그림 속에 촘촘히 스미길 바라면서. 이렇게 채색하고 바림하고 마무리 선까지 치고 나면 비로소 용 한 마리가 탄생한다. 그것을 향초에 대고 엄지손톱만 한 인두 다리미로 꼼꼼히 다림질해 촛농이 한지에 골고루 배도록 붙이면 완성이다. 청룡이 미래 주인에게 날아갈 준비가 끝난 것이다.

옛 조상들은 가뭄이 들면 용 그림을 그려서 기우제를 올렸다고 한다. 어쩌면 지난 몇 주간 나는 특별한 기우제를 올렸던 건지도 모르겠다. 내가 그려낸 용들이 각각의 자리에서 제 주인을 견고하게 지켜

주길 바란다. 혹시 세상이 가물어 삶이 메말라질 때 한 번씩 단비를 불러와 갈라진 그 마음들을 촉촉하게 적셔준다면 더 바랄 것이 없겠다. 올 한 해 그들 모두의 농사가 풍년이 되길 기원해 본다. 내게 그림 그리는 재주가 있다는 게 얼마나 감사한 일인지….

　기우제도 끝났으니 나도 내 농사를 시작해 볼까? 나는 조만간 첫 개인 수필집을 낼 계획이 있다. 진인사대천명. 일단 꾀부리지 말고 부지런히 쓰고 퇴고하는 일부터 시작하자.

(2024)

# 6.

# 미로를 걷는 법

# 월든, 내 마음의 정화수

아침 호숫가를 걷는다. 호수를 끼고 나 있는 산책로는 사람들이 수도 없이 밟아 생긴 길처럼 인위적이지 않으면서도 정돈된 느낌이다. 사색의 시간을 즐기시라며 아들은 초입에서 되돌아섰다. 낯선 새소리를 들으며 나 혼자 오롯이 걷는다. 백오십 년 전에 소로도 여기에서 새들의 노래를 들었을까를 생각하자 가슴이 막 뛴다. 이 길을 실제로 걷고 있다는 사실만으로도 가슴이 뻐근했다. 여행이 주는 익명성에 기인한 용기였을까, 내성적인 내가 어느새 마주치는 현지인과 자연스럽게 아침 인사를 건네고 있다. 신기하다.

여름방학의 끝자락 아들과 함께 여행 중인데 오늘의 첫 일정이 월든 호수다. 헨리 데이비드 소로의 『월든』 읽고 버킷리스트에 올려두었던 곳이다. 책에서는 이 호수를 '그 규모가 수수하며 매우 아름답기는 하나 웅장하다고 할 수는 없다.'라고 묘사했다. 일단 첫인상은 책에 쓰인 그대로인 것 같다. 그런데 호수에서 여러 사람이 자유롭게 수영을 즐기고 있었다. '수영금지' 푯말만 봐왔던 내게는 그 모습이 무척 놀랍고도 신선했다.

절반쯤 왔을까? 숲 왼쪽으로 언뜻 기찻길이 보인다. 보스톤에서 오는 오후 2시 기차를 보고 농부들이 시간을 맞췄다더니 그 기찻길인가 보다. 잠시 다가가 어쩌면 이 길로 드나들었을지 모를 젊은 날의 소로를 상상해 본다. 연필공장에 다닐 때, 교사 생활할 때, 불쑥불쑥 땡땡이치고 호수를 찾았다고 했었다. 여름 아침에 호수 가운데로 보트를 타고 나가 게으름 피우며 누워서 몽상에 잠기곤 했단다. 하지만 소로는 그 시절이 부유했다고 회상한다. 돈이 많아서가 아니라 양지바른 시간과 여름의 날들을 풍부하게 가졌다는 의미에서다. 오늘만큼은 나도 소로처럼 그 풍부한 여름의 날의 그것들을 아끼지 않고 가질 수 있을 것 같다.

이정표를 따라 숲으로 조금 올라가니 소로의 오두막집 터가 나왔다. 집이랄 것 없이 작은 방 한 칸 넓이의 사각 터에 아홉 개의 돌기둥이 서 있다. 침대 하나, 탁자 하나, 책상 하나, 의자 셋이 놓였을 만한 자리를 가늠해 본다. 오롯이 혼자였기에 가능했을 그 실험, 직접 눈으로 보고 나니 '간소한 삶'의 무게가 조금은 다르게 다가오는 듯하다. 그는 알았을까, 이 작은 오두막이 세기를 건너 누군가의 심장을 뛰게 할 것을. 이 웅장하달 것 없는 호수가 얼마나 강력하게 변모하게 될 줄을. 그래서 지구 반대편의 촌부(村婦)까지 선뜻 달려오게 할 것을 아마 짐작도 못 했을 것이다. 집터 앞 돌무더기에서 작은 돌 하나를 주워 경외하는 심경으로 돌탑에 얹어 본다.

호수가 삐죽하게 빠지는 지점에 경로 안내표지판이 서 있다. 전체적인 모양을 보니 이 호수를 '대지의 눈'이라 한 게 이해된다. 매끈하지는 않더라도 옆으로 긴 타원형에 한쪽 끝이 눈꼬리처럼 살짝 치켜올라간 영락없이 눈의 형태다. 호숫가를 따라 자라는 나무들을 눈의 가장자리에 난 가냘픈 속눈썹으로 묘사하고, 그 주위에 있는 우거진 숲과 낭떠러지들은 굵직한 눈썹으로 표현했던 내용이 묘하게 딱 들어맞는 것 같아 피식 웃음이 났다. 그 눈을 들여다보면서 사람은 자기 본성의 깊이를 잰다고 그는 말했었다. 소로가 월든 호수를 찾았던 이유가 혹시 그것이었을까?

반대쪽으로 돌아와 이정표 앞에서 합류했던 아들이 느닷없이 말했다.

"엄마, 우리도 수영하고 가요."

여기서 수영을 안 하고 가면 두고두고 후회할 것 같단다. 아까 돌아서 올 때 차에 가서 수건과 슬리퍼도 챙겨온 모양이다. 자유여행이 좋은 것이 바로 이런 것 아니냐는 아들의 설득과 예의 그 익명성에 힘입어 못 이기는 척 입수했다.

물에 들어가 가만히 있으니 작은 물고기들이 다가온다. 인기척에도 도망가지 않는 게 이상하다. 무슨 물고기일까? 몸통이 기우뚱할 때 보니 생각보다는 제법 크다. 강꼬치고기는 아닌 것 같은데, 혹시 퍼치? 피라미? 책에 나왔던 이름들을 차례로 떠올리다가 문득 웃음이 났다. 물고기 이름 따위가 뭐 그리 중요하겠는가. 내가 지금 소로의 호수 속에 들어와 있는데!

깊어지는 부분까지 평영(平泳)으로 몇 번 왕복하다가 멈춰 서 사방을 둘러본다. 파란 하늘 아래 넓게 펼쳐진 호수. 바람은 수평선 위로 기분 좋게 산들거리고 바람 따라 호수면은 잔물결로 찰랑거린다. 그 잔물결마다 햇빛이 반사되어 다이아몬드처럼 반짝이는 윤슬이 눈부시다. 아들 덕에 이렇게 잊을 수 없는 또 하나의 경험을 하고 있구나, 꿈만 같다는 말이 저절로 나온다.

해가 떠올라 어느새 쨍쨍한데 이상하게 덥지가 않다. 그렇다고 선선하다는 느낌은 또 아니고. 신기하게도 물의 온도가 느껴지질 않는다. 오로지 쾌적함. 우리 식으로 말해 '더도 덜도 말고 딱 한가위 같은' 촉감이다. 물 온도와 내 체온이 똑같아서일까?

발등이 따끔한 것 같기도 하고 간지러운 것 같기도 해서 내려다보니 물고기들이 내 발을 톡톡 건드리고 있다. 그 모습이 고스란히 다 보일 정도로 물이 정말 맑다. 호수의 색은 과연 한 가지가 아니어서, 가장자리는 모래색이다가 가운데로 가면서 짙은 초록색으로 변하고 먼 데는 파란 하늘빛이다. 물속에 잠긴 팔다리가 기이하게 굴곡져 보이고 실제보다 희게 보인다. 책에서 봤던 묘사 덕분에 여름날 아침 호수에 머무는 동안 왠지 사계절 호수 모습을 다 본 느낌이다.

소로는 월든 호수가, 잔물결은 무수해도 항구적인 주름은 하나도 없는 영원히 젊은 호수라 했다. 호수는 항상 그대로고 변한 게 있다면 소로 자신이라 했다. 그는 변해 가는 자신이 느껴질 때마다 여기에 와서 월든 호수의 여여(如如)를 보며 본성을 회복했던 게 아닐까 생각해 본다. 소로는 오두막 생활하는 동안 이 물을 식수로 사용하기도 했었다. 호숫물을 떠다 지하 저장실에 두면 한낮에도 시원함을 유지했다고 한다. 여름철 월든 호수의 물은 다른 우물물보다 1도 정도는 차가웠다는 내용이 기억난다.

물속에서 나올 때 빈 물병에 호숫물을 채웠다. 집으로 돌아가 책상 위에 올려두고 나만의 정화수로 삼을 생각에서다. 눈을 감으면 어느새 파란 눈의 월든 호수가 펼쳐지고, 언제든 그 품에 온 마음을 담글 수 있도록. 그리하여 나도 조금 더 맑아질 수 있도록….

(2023)

# 모기와 날파리

지인들과 바람을 쐬러 나왔다. 거금도, 소록도, 나로도를 돌아서 보성, 율포에서 하루 묵고 돌아갈 예정이다. 부드러운 남도(南島) 바람과 옥빛이 도는 파스텔톤의 봄 바다가 포근하게 다가온다. 넓은 바다를 향해 서니 답답했던 가슴이 뻥 뚫리는 기분이다.

지난 몇 달간 의기소침했었다. 부쩍 눈이 뻑뻑한 게 쉽게 피곤해지고 눈 속에 뭔가가 떠다니며 계속해서 시선을 따라다녔다. 특히 책을 읽을 때는 증세가 심해서 시선이 가는 글자 위로 계속 어떤 형체들이 어른거려 여간 불편한 게 아니었다. 시간이 지나도 증세가 계속되어서 안과에 갔더니 비문증(飛蚊症)이란다. 눈이 뻑뻑한 것은 안구건조증 때문이라고 했다. 다행히 안구건조증은 눈 운동을 해주면서 인공눈물을 쓰면 좋아진다고 했다. 하지만 비문증은 노화 현상이라 잘 관리하면서 익숙해지는 수밖에 다른 치료법이 없다는 것이다. 게다가 심해지면 실명에 이를 수도 있다고 했다.

우울했다. 어디 눈뿐이겠는가. 노화 현상은 내 몸 전반에 걸쳐 진행되고 있다. 피부는 늘어져 주름지고, 어깨와 무릎 관절도 이미 한 번씩 고장이 났었다. 흰머리가 늘고 머리카락이 자꾸 빠지고 탄력도 떨어져 힘없이 들러붙는 바람에 인상이 초라해 보인다. 기억력도 깜빡깜빡, 책을 읽어도 내용이 단번에 머리에 들어오지 않을 때가 많다. 그런데 익숙해지는 일밖에는 답이 없다니 알면서도 늙음을 인정한다는 게 너무 슬프고 싫었다. 그 불가항력의 거대한 힘 앞에서 불완전한 한 인간으로 한없이 쪼그라들 뿐이었다.

아직은 읽을 책도 많고 그림도 조금 더 배워야 한다. 내년에 손주가 태어나면 품에 안고 그 맑은 눈망울에 비치는 하늘을 들여다보고 싶은데. 또 봄이면 터질 듯 부풀어 오른 벚꽃 봉오리를 보며 수줍은 듯 덩달아 설레 보는 소소한 행복도 놓치고 싶지 않다. 계절 따라 미묘하게 변하는 하늘, 멀어질수록 점점 그 하늘색에 가까워지는 첩첩 산들의 수묵화 같은 풍경을 바라보는 것이 얼마나 행복한 일인데….

본격적으로 비문증과 친해져 보기로 했다. 모기 문(蚊)자를 쓴 걸 보면 모기 모양의 티가 날아다닌다는 건가? 일명 날파리증이라고도 한다니 일단 모기인지 날파리인지 실체부터 확인해야겠다. 침대에 누워 흰 천정을 배경으로 눈동자를 굴려보았다. 그런데 정확히 쳐다보려고 하면 그때마다 어느 결에 꼭 그만큼씩 초점을 비켜 가는 것이다. 살금살금 따라가면 살금살금 달아나고, 휙휙 쫓아가면 휙휙 도망간다. 한참을 시도해 본 끝에 겨우 얻은 결론이 형체를 특정하진

못해도 절대 벗어날 순 없다는 사실이었다.

　피할 수 없으면 즐기라 했다. 내 눈 속에 날아다니는 것이 무엇이든 무슨 상관이랴. 평생을 같이 가야 하는 운명이라면 차라리 긍정적으로 생각하련다. 그것이 모기라면 늘 예리하게 깨어 있는 법을 배우고, 날파리라면 포기하지 않는 끈기를 배우면 될 것이다. 남편 말에 의하면 내가 요즘 점점 지적질이 심해지고 있다고 하니, 나이 들어가면서 마음 수양하는 데 필요한 장치 하나는 확실히 생긴 셈이다. 남의 티를 보자면 무조건 내 눈의 들보부터 보게 될 테니까 그 얼마나 확실한 자가 점검법이겠는가.

　한번은 비문증이 있는 지인이 본인은 '초록초록' 잔디를 보면 좋아지더라며 자연을 많이 접해보라고 권했었다. 아닌 게 아니라 바다의 '파랑파랑'을 보니까 증세가 확실히 나아진 듯하다. 내 생각에도 괜찮은 처방 같다. 일시적이더라도 적어도 더 심해지진 않을 테니 말이다. 이제부터라도 좀 더 적극적으로 야외로 나가야겠다. '분홍분홍' 꽃도 보고, '푸릇푸릇' 숲과 나무도 마주하면서 열심히 노력해 보리라.

　일단은 눈앞에 보이는 '파랑파랑'부터 흠뻑 흡수해야겠다.

(2023)

# 미로를 걷는 법

지난겨울에 친정엄마와 제주도 여행을 했다.

제주의 상징, 삼다(三多)를 형상화한 세 미로가 있는 메이즈랜드 테마공원에 갔다. 마침 '제주에서 한 달 살기'를 하고 있던 아들이 안내를 해주었다. 제일 먼저 들어간 '바람 미로'는 편백 나무 길이었다. 걷는 내내 상쾌한 피톤치드가 온몸으로 스며드는 기분이었다.

길은 자연스럽게 소라를 잡는 해녀 모양의 '여자 미로'로 이어졌다. 동백나무로 만들어진 이 미로에는 그래도 늦은 동백꽃이 곳곳에 남아 있어 제법 꽃길다웠다. 거기까지는 나뭇가지 사이로 슬쩍슬쩍 옆길이 보이기도 해서 그럭저럭 어렵지 않게 출구를 찾을 수 있었다. 그런데 마지막 돌하르방 모양의 '돌 미로'에서는 꽤 오랜 시간을 헤매고 다녔다. 키보다 높은 현무암 돌담길이 모두 비슷비슷하게 생겼기 때문이었다.

처음에는 미로 탈출법을 알고 있다고 큰소리치는 아들을 따라갔다. 오른쪽 벽면만 끝까지 타고 가면 된다고 했다. 그러나 번번이

막다른 길을 만나 돌아 나와야 했다. 다음 일정 시간이 가까워질수록 마음이 자꾸 조급해져 갈림길을 맞닥뜨릴 때마다 이제는 어떤 길을 선택해야 할지 감도 잡히지 않았다.

문득 매표소에서 받아 온 안내서의 미로 지도가 떠올랐다. 출발점부터 지도를 보며 차근차근 길을 찾아가기 시작했다. 오늘 안에는 나가게 되겠지. 그래, 지금을 즐기자. 예상 시간을 넘기자 오히려 심적 여유도 생겼다. 우리는 결국 탈출에 성공했고 성취의 종 앞에서 인증 사진을 찍는 것으로 대단원의 막을 내렸다.

나중에 알게 된 사실인데 세 미로에는 36개씩의 갈림길이 있어서 총 108개의 갈림길이 있었다고 한다. 손자병법의 삼십육계와 불교의 백팔번뇌를 적용해 세 미로를 다 통과하는 순간에 성취의 종각에서 해탈의 기쁨을 누리도록 설계되었다는 것이다. 설계자는 어쩌면 예측할 수 없어 도망치듯 살아가는 인생길이 곧 번뇌라는 의미를 미로에 담으려고 했던 것은 아닐까.

와타나베 쇼코의 『불타 석가모니』가 생각난다. 나는 종교가 불교는 아니지만 각별한 스님 친구가 있다. 그런데도 불교에 대해 깊이 알려는 생각은 하지 못했다. 이 책을 읽으면서 그동안 귓결로 알던 여러 불교 용어도 제대로 배우고, 불타 석가모니에 얽힌 전설과 구체적인 삶의 기록을 살펴보며 불교에 발밤발밤 다가설 수 있었다.

윤회에 대한 부분을 인상 깊게 읽었다. 책에는 인간 고뇌의 원인을 차례차례 거슬러 올라가면 모든 것의 근원에는 '무명(無明)'이 있다고 쓰여 있었다. 진리를 깨닫지 못한 마음 상태를 무명이라고 했다. 이 무명에서 시작하는 사슬, 즉 '무명-행(行)-식(識)-명색(名色)-육처(六處)-촉(觸)-수(受)-애(愛)-취(取)-유(有)-생(生)-노사(老死)'를 '십이인연(十二因緣)' 또는 '연기(緣起)'라고 하는데, 인간 실존에 관한 문제를 해결할 수 있는 길은 오직 이 무명을 없애버리는 것이라고 한다. 석가모니 부처가 더는 생사윤회의 지배를 받지 않는 상태, 즉 열반에 오르게 된 것도 수없이 많은 생애를 두고 무명을 없애려고 정진했기 때문이리라.

나는 지금껏 몇 번의 전생을 살았을까. 또 앞으로 얼마만큼의 생을 더 살아가게 될까. 만약 전생을 기억할 수 있었다면 지금보다는 더 나은 삶을 살았으려나. 하나의 미로에서 또 다른 미로로 끝도 없이 이어지도록 설계된 생사윤회의 거대한 톱니바퀴 같은 인생길, 그 실체는 과연 번뇌일까.

사실 그런 심오한 진리 같은 것은 깨닫지 못했다. 솔직히 십이인연의 각각의 뜻을 제대로 이해했는지도 잘 모르겠다. 다만 내 앞에 놓여 있는 인생 미로를 나만의 방법으로 찾아 나가야 한다는 것은 알 것 같다.

얼마만큼 온 건지 얼마나 더 가야 할지 어디로 가는 건지 아무것도 모르는 채 그저 가야 하는 길이라면, 나는 조금 느긋하게 걷고 싶다. 돌 미르에서 조급함을 버렸을 때 비로소 담 모퉁이에 수줍게 피어난 풀꽃이 보였던 것처럼, 돌 틈을 통과하는 바람과 반짝이는 햇빛을 느낄 수 있었던 것처럼. 꽃도 보고 새소리도 듣고 곁에 있는 사람과 체온도 나누며 작은 것 하나도 충분히 느끼면서 나만의 보폭으로 걸어가고 싶은 것이다.

(2022)

# 버킷리스트 +1

여름방학을 앞두고서다. 기숙사로 돌아가려던 아들이 돌연 이번 여름방학에 둘이 자유여행을 하자고 제안했다. 생각해 보마고 했지만 사실 그때부터 이미 내 마음은 들뜨기 시작했다. 일전에 '아들이 지금 가자' 했다는 한 수필가 이야기도 들은 터에 만나는 지인들도 백이면 백 무조건 가라고 했다. 남편도 흔쾌히 허락해 주었다. 그렇다면 주저할 이유가 없겠지.

가자! 그런데 어디로 가지?

버킷리스트를 펼쳤다. 버킷리스트라고 해야 일목요연하게 순위별로 적어둔 거창한 목록은 아니고 그냥 하고 싶은 일이 생길 때마다 노트에 적어놓은 메모에 불과하다. 드라마를 보다가 또는 책에서 인상 깊은 장면을 읽으면 '누구처럼 어떻게 해보기' '어디 어디에서 무엇무엇 하기' 같은 식으로 써 본 것들이다. 어떤 건 달랑 지명 하나 적어놓은 것도 있다. 거기서 보물을 캐듯 뒤적이다가 결국 반짝이는 섬 하나를 건져 올렸다.

캐나다 동쪽 끝에 있는 프린스 에드워드 아일랜드, 일명 '빨간 머리 앤 섬'이다. 내세울 게 없는 외모가 닮아서였을까 어려서부터 난 빨간 머리 앤을 좋아했다. 노트에는 이렇게 적혀 있었다. '빨간 머리 앤 섬-기쁨의 하얀 길, 반짝이는 호수, 연인의 오솔길, 유령의 숲.'

그 후 아들과 소통하며 빠르게 동선을 짜나갔다. 항공료가 비교적 저렴한 뉴욕을 기점으로 차를 대여해 동쪽으로 캐나다까지 길게 한 바퀴 돌아오는 코스였다. 그리고 그 동선 안에서 들를 수 있는 여행지로 몇 가지를 더 끼워 넣었다. 그렇게 계획된 대략적인 일정은 뉴욕 – 콩코드(월든, 아침 호숫가 산책하기) – 캐나다 퀘백(도깨비 언덕) – 빨간 머리 앤 섬, 돌아오는 길에 메인('조화로운 삶'의 헬렌 니어링 농장, 굿 라이프 센터 방문) – 뉴욕(브로드웨이 뮤지컬 관람)이었다. 짜놓고 보니 매우 흡족했다.

자유여행이 아니라면 이런 일정의 관광여행 상품은 아마 없을 듯하다. 그래, 무조건 가는 거야!

쇠뿔도 단김에 빼랬다고 바로 왕복 비행기 표부터 확보했다. 본격적으로 여름방학이 시작되면 항공료가 훌쩍 뛰기 때문에 더 서둘렀다. 일단 비행기 표를 끊고 나자 렌터카 예약이며 구체적인 코스를 짜고 그에 따른 숙소를 예약하는 일까지 일사천리로 진행되었다. 알아보고 예약하는 일은 주로 아들이 하고 나는 결제를 담당했다.

제법 큰 비용이 들었지만, 그동안 여행 갈 때 쓰려고 조금씩 비축해 둔 돈이 이렇게 빛을 발한다고 생각하니 전혀 아까운 생각이 안

들었다. 운전기사를 자청해 준 아들이 고맙기만 했다.

　그렇게 떠난 아들과의 여행, 내가 선택한 일정이었기에 나의 만족도는 높았다. 하지만 장거리 운전을 도맡아 해야 했던 아들은 무척 힘들었을 것이다. 여행 기간에 운전한 시간만 꼬박 35시간, 거리로는 삼천 킬로미터가 넘지 싶다. 내가 한두 번 짧게 교대해 준 적이 있지만 여행하는 내내 운전은 순전히 아들 몫이었다.

　어느새 커서 든든한 여행 동반자가 되어주는 아들이 듬직하고 고마웠다. 강행군을 버텨준 준 아들 덕에 열흘간의 여행을 무사히 마칠 수 있었다.

　모든 가능성을 열어두자 마음먹고 떠난 여행이었다. 그래서 여행 중에 발생하는 웬만한 변수는 문제 삼지 않으려 했다. 가는 날과 오는 날 예약한 뉴욕 숙소가 알고 보니 둘 다 가는 날짜에 예약되어 있었던 일처럼, 중간중간 소소한 의견 대립이 왜 없었겠는가. 마지막 날은 배 시간을 확인하지 않아 자유의 여신상 크루즈도 못 탔다. 그래도 이만하면 대만족이다.

　이번 여행은 버킷리스트 목록 4개를 한꺼번에 지운 여행이었다. 여행이란 여행지에서 보고 느끼고 경험하는 새로운 발견 말고도, 함께 여행하는 동반자의 새로운 모습을 발견하고 알아가는 일도 포함한다. 내가 얻은 최대 성과는 아들을 있는 그대로 이해할 수 있게 되었다는 것이다. 함께하면서 우리가 서로 다른 성향이라는 것을 확실히 알게 되었고, 그동안 이해하기 힘들었던 아들의 행동이 어느 정도는 이해가 갔다. 이번 여행에서 받은 선물이 크다.

집에 돌아와 버킷리스트를 펼쳐 4개의 줄을 그었다. 그리고 자신은 없지만 용기 내어서 또 하나의 목록을 추가해 본다.

'남편과 둘만의 자유여행'

(2023)

# 어떤 시간여행

오대산 선재길을 찾았다. 월정사에서 상원사까지 이르는 완만한 길이 선재길이다. 왕복하기에는 시간이 빠듯할 것 같아 먼저 상원사에 주차한 뒤 선재길로 내려왔다가 버스나 택시를 타고 돌아가기로 했다. 그런데 올라가면서 보니 도로의 양옆으로 치워 놓은 눈의 높이가 족히 어른 허리까지 오는 듯하다. 산속이고 날씨마저 추워서 아마 지난번에 내린 폭설이 그대로 쌓여 있는 것 같다. 겨울 등반 채비 없이 왔기에 과연 걸을 수 있을까 걱정이 된다.

첫 발자국을 조심스럽게 내디뎌 본다. 생각보다 괜찮다. 눈이 녹지 않아서 오히려 미끄럽지가 않다. 군데군데 놓여 있는 다리를 건너갔다 건너왔다 하면서 계곡을 따라 이어지는 길은 밋밋하지 않아 재미있다. 환상적인 설경을 자아내는 풍경 속에서 오랜만에 심신이 정화되는 느낌이다.

얼마나 내려왔을까. 화전민이 일군 밭인 듯 평평한 눈밭이 넓게 펼쳐져 있다. 주위를 둘러보니 다른 등산객들은 보이지 않는다. 아무 흔적 없이 깨끗한 눈 위에 벌렁 누웠다. 하얗게 둘러쳐진 설산 너머 파란 하늘 아래로 구름이 빠르게 흘러가고 있다. 눈 속에 파묻힌 이 아늑함, 어쩐지 눈앞에 펼쳐진 세상이 비현실적으로 느껴진다.

눈을 감는다. 흑백사진처럼 바랜 기억 하나가 머릿속에 그려진다. 네댓 살쯤의 마르고 작은 여자애가 가파른 고갯길을 미끄러지며 내려가고 있다. 지그재그로 내달리며 나무를 부둥켜안기도 하고, 더러는 엉덩이로 썰매를 타기도 하면서 앞만 보며 내달린다. 언젠가 어른들에게 들었던 사람 홀린다는 담비를 떠올리지 않으려고 오로지 엄마 생각에만 집중하고 있다. 볼이며 귓불은 빨갛게 얼어버린 지 오래인데 설상가상 하늘에선 진눈깨비가 내리기 시작한다.

내가 기억하는 그날의 인상이다. 제삿날이었다. 엄마는 동생만 업고 본가로 향했고, 나는 고모 집에 맡겨졌다. 고모네 언니랑 한동안 잘 놀고 있던 나는 갑자기 엄마가 보고 싶었다. 말없이 고모 집을 나와 언젠가 엄마 손 잡고 한두 번 가 봤던 기억을 더듬어 엄마를 찾아 나선 것이다. 할아버지 댁에 가려면 가파른 산 고개를 넘어야 했다.

미끄러지며 구르며 간신히 대문 앞에 이르렀을 때, 안마당에서 동생을 업은 채 양동이를 들고 바삐 걷는 엄마가 보였다. 기어들어 가는 목소리로 "엄마" 하고 불렀다. 엄마는 화들짝 놀라며 달려와 나를 안았다. 쇠죽솥에 불을 때고 있던 할아버지도 혼자 어떻게 왔느냐며 놀라셨다. 그제야 눈물이 왈칵 쏟아졌다.

나중에 엄마는 그때 내 모습은 꼭 물에 빠진 생쥐 꼴이었다고 했다. 내가 없어진 걸 알고 찾아다니다가 본가까지 뒤따라온 고모네 언니는 부둥켜안고 있는 우리를 확인하고 말없이 돌아서 갔다고 했다.

나는 자라면서 크게 말썽 피운 적 없이 순하고 순종적인 편이었다. 모험, 도전, 용기와는 거리가 먼 내성적이고 소극적인 성격이라고 생각했다. 그래서 혼자 훌쩍 떠나는 여행을 꿈꾸면서도 한 번도 실행에 옮기지 못했다. 성격 탓이려니 치부하며 살았다. 그런데 눈 속에서 떠올린 그날의 어린 나는 결단이 서자 망설임이 없었다. 두려움 없이 혼자 눈 쌓인 고갯길로 들어설 만큼 담대한 아이였다. 몰골은 물에 빠진 생쥐인데 눈빛만은 살아 있었다는 그런 아이였다. 까맣게 잊고 있었다. 하지만 오늘 나는 깨달음을 찾으려는 수행자들의 천오백 년 숨결로 만들어진 선재길에서 내 본연의 눈빛과 마주했다.

진부(珍富)로부터 택시를 불러 타고 상원사로 되돌아가는 길, 용케 참고 있던 눈발이 폴폴 날리기 시작했다. 주차장에 도착하니 하늘은 이제 대놓고 눈송이를 쏟아낸다. 멀리서부터 아마득해져 오는 오대산의 하늘. 서둘러 눈발 속을 빠져나온다. 차창을 스치는 풍경이 SF 영화 속 한 장면 같다.

마치 오래전 어느 구간으로 시간여행을 갔다가 타임머신을 타고 돌아오는 기분이다.

(2024)

# 얼레지 사랑

봄나물을 삶는다. 깊은 냄비에 물을 넉넉히 붓고 인덕션 전원을 켜며 엄마가 한동안 얼마나 분주했을지를 생각해 본다. 엄마는 봄마다 나물을 한 보따리씩 주신다. 가장 먹기 좋은 상태일 때 매일매일 조금씩 수확해 저장고에 모아 두었다가 주시는 것이다. 양쪽 무릎 수술을 한 구부려지지 않는 다리로 힘들게 뜯어주시는 나물이다. 고맙다는 인사 한마디로 넙죽 받아먹는 것이 염치없으면서도 나는 매년 엄마의 봄나물을 기다린다. 입안 가득 퍼지는 그 봄맛을 마다할 자신이 없기 때문이다.

시집간 딸들이 내려온다고 전화가 왔다. 딸들이 왔다 갈 때면 나도 항상 이것저것을 챙겨주고 싶어 한다. 억지로 챙겨주지는 않지만 필요하다면 뭐든지 기꺼이 싸준다. 어쩌다 저희가 먼저 달라는 것이 있으면 좋아서 더 줄 게 없을지 자꾸 살피게 된다. 그렇게 싸 보내고 나서 친정엄마를 떠올리며 혼자 피식 웃을 때가 많다.

재작년에는 이맘때쯤 곰배령에 갔었다. 곰배령은 곰이 배를 보이며 누워 있는 형상이라 붙여진 이름이다. 곰배령이 속한 점봉산이 산림자원 보호림이라서 그런지 미리 인터넷으로 예약을 받아 정해진 인원만을 입장시켰다. 들꽃이 만발한 '천상의 화원'을 기대하며 정상까지 올라갔으나 아직 일러서 아쉽게도 노란 꽃 몇 송이밖에 볼 수가 없었다. 곰배령의 봄은 평지보다 한 달 정도는 늦다고 한다.

그래도 산 전체에 군데군데 피어있던 얼레지꽃을 볼 수 있었다. 얼레지꽃 꽃말은 '질투'다. 고혹적인 자태 속에 어딘지 자유분방한 느낌이 있다. 그래서일까, '바람난 여인'이라는 꽃말도 있다. 처음에는 다소 무례하다 싶었는데, 꽃잎을 한껏 뒤로 젖힌 얼레지의 자태를 보고 있자니 괜히 그런 이름이 붙은 것은 아니라는 생각이 들었다.

곧 얼레지에 대한 그 느낌은 완전히 바뀌었다. 하산길에 우연히 만난 산림청 직원분이 들려준 그 꽃의 사연을 듣고서다. 얼레지는 7년 정도 잎 하나씩만 땅 위로 올린다고 한다. 때가 되어야 두 개의 잎을 피워내고, 그 사이에 꽃대를 올려 비로소 꽃을 피운다고 했다. 어린싹은 맛있는 나물이기도 해서 사람들의 눈에 띄면 미처 꽃대를 올리기도 전에 뜯긴단다. 그러니 지금 우리 눈에 보이는 얼레지꽃들은 모두가 어렵사리 살아남아 꽃피운 귀한 꽃이라는 얘기였다.

꽃을 피운 이후 이야기는 더 감동적이다. 꽃을 피우고 씨앗을 맺어 떨어뜨리기를 몇 해, 하지만 매해 쌓이는 엄청난 낙엽층을 뚫고 뿌리를 내릴 방법이 없다. 고민 끝에 엄마 얼레지는 결단을 내린다. 뿌리를 달짝지근하게 익혀 멧돼지를 유인하기로 한 것이다. 바람결에 멀리까지 단내를 풍기면 멧돼지들이 찾아와 뿌리를 먹으려고 주변을 온통 헤집어 놓는다. 그 바람에 낙엽이 걷히고 씨앗은 비로소 촉촉한 땅에 닿을 수 있게 되는 것이다. 가슴 한쪽이 찌르르 아팠다.

멧돼지에게 뿌리를 내려주는 엄마 얼레지의 마음은 어땠을까. 맹목적인 그 희생은 종족 보존이라는 자연의 섭리를 따른 행위였겠지. 이 숙명적 본능이 바로 '모성애'가 아닐까. 그 이름으로 엄마에게서 나로, 나에게서 딸들로, 딸에게서 또 그 딸들로 그렇게 이 숭고한 사명은 이어질 것이다. 역사에 생명이 있다면 그 생명력은 다름 아닌 '모성애'라고 생각한다.

물이 끓어오른다. 나물 별로 적당하게 잘 삶았다가 들기름 듬뿍 넣고 조물조물 무쳐야겠다. 딸들과 함께 봄 삼아 먹으며 맛과 함께 얼레지의 사랑도 전달해 볼까?

문득 나물 삶는 일이 어떤 사명처럼 느껴진다.

(2024)

# 백야리에서

곧 유월이다. 러시아에선 올해도 백야 축제가 열리겠지? 나는 언제쯤 밟기만 해도 영감이 떠오른다는 문학의 땅 러시아에 갈 수 있으려나.

작년 이맘때 수필 교실 문우들과 러시아 문학기행을 가 볼까 했었다. 몇 년 전부터 꼬박꼬박 자금을 모아서 드디어 구체적으로 추진을 했다. 짧지 않은 일정인 데다 일일이 여러 사람의 사정을 맞추는 게 생각보다 쉽지가 않았다. 게다가 날짜가 러시아 월드컵 기간과 맞물려서 이래저래 궁리를 해봤지만 결국 무산되고 말았다. 아쉬운 마음에 일박이일 정도 따로 일정을 잡아보자고 했던 것이 삼월 마지막 주 금요일, 바로 오늘이다.

이왕이면 여행답게 버스를 전세 내서 좀 멀리 바다라도 보고 오자는 의견도 있었다. 하지만 다수결에서 회원 대부분이 참석할 수 있다는 장점을 어필한 백야 휴양림이 딱 한 표가 많았다. 그 한 표의 주인공은 마지막으로 손을 든 B 스승님이셨다. 후문으로 전해 들은 얘기가 참석은 하고 싶은데 이틀 동안 꼬박 시간을 낼 형편은 안 되는 우리 교실 막내의 간절한 눈빛을 차마 외면할 수 없으셨단다.

총무인 나는 장을 봐서 다른 사람보다 일찍 자연휴양림에 도착했다. 회장님과 B 스승님이 벌써 와 계셨다. 짐을 일단 옮겨놓고 셋이 함께 식물원 근처를 산책했다. 막 피어나는 연초록 잎이 꽃보다 고왔다. 통나무집 앞에 심어진 자작나무 몇 그루가 눈길을 끌었다. 우리가 놓친 그 백야는 아니지만, 묘하게도 이곳 휴양림의 이름이 '백야'여서 조금은 위안을 받았다.

각자 일과를 마친 회원들이 반찬을 한 가지씩 해서 모여들기 시작했다. 십시일반이라고 금세 근사한 한정식이 차려졌다. 수육, 묵은 김치, 홍어, 제철 나물까지 상이 가득했다. 놓을 자리가 없을 만큼 푸짐한 진수성찬이었다. 그 중엔 새벽부터 심혈을 기울여 만든 나의 도토리묵과 멸치볶음도 한자리를 차지했다.

선생님의 건배사와 함께 술이 한배 돌았다. 외교부장님이 만들어 온 먹태 구이 술안주 맛이 일품이었다. 이야기도 한배 돌았다. 첫사랑 얘기가 나오고, 남편 흉을 보기도 하고, 글쓰기에 대한 진지한 고민도 털어놓고, 가슴 속에 응어리진 아픈 사연도 풀어냈다. 주제도, 형식도, 시간도, 정해진 건 아무것도 없었다. 그저 진심을 말하는 사람과 귀 기울이는 눈빛들, 그리고 서로의 마음을 이어주는 따뜻함만 있었다. 술에 취한 건지 분위기에 취한 건지 기분 좋게 무장해제 된 가슴들 위로 새까만 봄밤이 내려앉고 있었다.

다음날, 수필 교실 막내가 끓여 온 미역국으로 꿀맛 같은 아침밥을 먹었다. 식후에는 내가 미리 준비해 간 말차를 마시며 '전생'을 화두로 담소를 나누었다. 소중한 인연들과의 행복한 시간이었다. 옷깃만 스쳐도 인연이라는데, 우리는 전생에 몇 번을 스쳤기에 이렇듯 특별한 하룻밤을 함께 보낼 수 있었을까. 지난밤은 또 앞으로 어떤 모습으로 우리를 엮어 이끌게 될까. 인연이라는 것이 전생에서 현생으로 또 내생으로 형태를 바꿔가며 그 끈을 계속 이어가고 있는 것이라면 좋은 인연은 더 단단하게 붙잡아야 하리라. 마찬가지 이유로, 악연으로 엉킨 실타래 역시 최선을 다해 풀어보려고 시도할 일이다.

백야자연휴양림에서 특별한 하룻밤을 보내긴 했어도 러시아에 못 간 것이 영 아쉽다. 일이 잘되었다면 톨스토이, 도스토옙스키, 푸시킨의 발자취를 둘러보았을 텐데. 무수한 이야기를 간직하고 있을 것 같은 자작나무 숲에도 갔을 테고, 낮처럼 환한 밤에 자유롭게 산책하는 신비로운 경험도 해보았을 것이다. 언젠가는 꼭 한번 러시아에 가 보고 싶다.

그날에 어쩌면 이국의 하얀 밤 속에서 백야리의 까만 밤을 떠올리게 될지도 모르겠다.

(2019)

# 특별한 목욕

사려니숲에 왔다. 붉은오름 쪽 입구에서 바라본 숲은 신비로운 기운으로 가득 차 있다. 아무래도 이름이 주는 느낌 때문에 더 그런 것 같다. 사려니는 '살안이' 또는 '솔안이'에서 생겨난 이름인데, 그 뜻이 '신령스러운 곳'이라고 한다. 제법 넓은 숲길로 들어서니 양옆으로 하늘까지 곧게 뻗은 삼나무들이 빼곡하다. 꼭대기까지 진초록 잎이 무성해서 언뜻 보면 한여름의 숲속 같기도 했다. 사방으로 빽빽한 나무들 속에 있어 보니 삼림욕(森林浴)을 왜 '삼(森)림(林)욕(浴)'이라고 하는지 확실히 알 것 같다. 서서히 거대한 나무들에 겹겹으로 둘러싸이며, 온몸을 휘감아 오는 바람과 햇빛 속으로 마음을 담그기 시작한다.

입구에서부터 0.5km 지점에서 함께 온 일행 중 네 명은 다른 관광지를 둘러보기 위해 돌아나갔다. 나와 J는 이 길을 끝까지 가 보기로 했다. 얼마나 걸었을까, 장대같이 서 있던 삼나무가 사라지고 은빛 나목들이 시야에 들어온다. 길옆 안내판에는 졸참나무, 단풍나무, 서어나무 등이 군락을 이루고 있는 이 숲이 오랜 세월을 거쳐 자연적으로 만들어진 천연림이며 극상림(極相林)이라고 적혀 있다. 우리네 사회가 형성되고 발전하며 변해가듯이 식물의 군집들도 천이 (遷移) 과정을 지나게 된다. 극상림이란 천이 과정의 가장 마지막에 나타나는 단계라고 한다. 적당한 습도와 온도를 가진 토양 위에서 이루어지는 안정된 산림 군락을 말하는데, 지구상의 숲들은 모두 극상을 향해 가고 있다는 설명이다.

맨 처음 아무것도 없던 땅에 이끼가 생겨났을 것이다. 곤충이 날아들고 풀들과 키 작은 나무들이 자라기 시작했겠지. 빛을 좋아하는 날카롭고 억센 잎의 나무들이 모든 햇빛을 독식하며 한 시대를 풍미했을 테고 사이사이에 적은 햇빛으로도 만족할 줄 아는 잎 넓은 나무들이 끼어 살기 시작했을 것이다. 음지에서도 광합성을 잘하는 활엽수는 빠르게 키가 커지고 상대적으로 빛이 부족해진 침엽수는 점차 세력을 잃어갔을 테고. 그래서 결국 지금의 나무들이 전체 숲을 차지하게 되었겠지. 백 년의 세월을 거쳐 만들어진 극상림의 한가운데를 지금 내가 걷고 있다는 사실이 기분을 묘하게 만든다. 실오라기 하나 걸치지 않은 맨몸으로 서서 연신 바람을 뿜어내고 있는 나뭇가지들이 그래서 더 몽환적으로 느껴지는지도 모르겠다.

하지만 모든 숲이 극상림에 이르는 것은 아니라고 한다. 천재지변이나 환경오염으로 도태되는 숲도 있는 것이다. 인생도 비슷하지 않을까? 누구나 평화롭고 빛나는 생의 마지막을 바라지만 어떤 이유로든 꿈을 이루지 못하는 사람도 있다. 이 숲의 나무들처럼 극상의 삶을 이룰 수 있으면 좋으련만, 우리는 그것을 향해 열심히 심신을 단련하며 살아갈 뿐이다. 서로에게 상처 주지 않으면서 개개인이 건강하고 행복한, 함께 아름다워지는 노년을 꿈꾸는 것이다. 어떻게 살아야 할까? 무엇을 더 품고 얼마나 더 떠나보내고 비워내야 한 그루 서어나무로 설 수 있을까.

길이 끝나갈 즈음 다시 초록의 삼나무 숲이 나왔다. 송이버섯 모양의 앙증맞은 조형물 옆을 지나다 한 무리의 까마귀들과 마주쳤다. 새들은 놀라서 날아가지도, 모이를 주는가 싶어 모여들지도 않았다. 인간을 자연의 하나로 여기는지 그저 무심하게 자기들끼리 어울릴 뿐, 우리 존재가 어떠한 영향도 미치지 않는 것 같았다.

숲길을 완전히 빠져나올 때 온몸이 개운해진 느낌이 들었다. 등 밀어주며 진짜 목욕이라도 한 것처럼…. 버스를 타고 시내로 나와 제주시청 앞에서 헤어졌던 일행과 합류했다. 저쪽 팀은 절물휴양림과 러브랜드, 도깨비 도로에 갔었단다. 재미있는 볼거리가 많았는지 찍어 온 핸드폰 사진을 들이밀며 하하, 호호 여간 시끄럽지가 않다. 하지만 내 의식은 쉽게 소음 속으로 섞이지 못한다. 여전히 신성한 기운 속에 마음을 담근 채다. 그 느낌을 조금이라도 더 오래 붙잡고 싶은 마음 때문인지도 모르겠다.

(2016)

# 콥차이 라오스

　해외 봉사를 다녀오기로 했다. 남편이 속한 국제봉사단체에서는 매년 라오스에 학교 지어주는 사업을 지원하고 있다. 그 준공식에 맞추어 직접 방문하기로 한 것이다. 처음에 남편이 함께 가자고 했을 때 선뜻 내키지 않았다. 남편에게 말은 안 했지만 속으로는 가는 날까지도 시큰둥했다. 나는 사실 봉사보다는 순수여행을 하고 싶었다.

　출발하기 전에 우리는 미리 몇 가지를 준비했다. 아이들에게 선물할 학용품과 운동용품을 사고, 여러 사람에게 기증받은 의류를 선별해서 정성껏 손질하여 박스에 담았다. 인천공항에서 이십여 개가 넘는 박스를 짐으로 부치면서 괜히 힘들게 가져갔다가 아이들이 좋아하지 않으면 어쩌나 하는 생각이 들었다. 여섯 시간을 날아 비엔티엔 공항에 도착했다. 한밤중에 도착했기 때문에 그날은 다른 일정 없이 바로 숙소로 들어갔다.

　다음날 학교가 있는 방비엥으로 이동하면서 차 창밖으로 내다본 거리는 마치 1970년대의 우리나라 모습과 비슷했다. 도로 곳곳이 한

참 공사를 하고 있었기 때문에 간혹 마주 오는 차라도 만나게 되면 앞이 안 보일 정도로 흙먼지가 일었다. 길가의 나무와 풀들은 이미 원래의 색을 알 수 없을 만큼 먼지를 뒤집어쓰고 있었다. 그 속에서 갓 피어난 꽃이 선명하게 제 색깔을 내며 있는 것이 무척 인상적이었다.

덜컹거리는 비포장도로를 두 시간쯤 달렸을까 드디어 학교에 도착했다. 우리가 운동장에 들어설 때 학생들이 나와서 꽃목걸이를 걸어주었다. 고사리손으로 꽃잎을 한 장씩 꿰어 정성껏 만들었을 것을 생각하니 목에 걸린 꽃목걸이가 금목걸이만큼 귀하게 느껴졌다. 학교는 깔끔한 건물로 교실 세 칸과 수세식 화장실로 구성되어 있었다. 우리가 보내준 지원금으로 이 학교를 지었다고 생각하니 뿌듯한 마음이었다. 행사에는 교육부 장관을 비롯한 많은 고위직 인사들이 참석했다. 학교를 짓는 것이 그들에게 얼마나 크고 중요한 일인지 짐작할 수 있었다.

식후 행사로 마을 사람들은 우리에게 '바씨(Baci)'라는 의식을 해주었다. 바씨는 행복을 기원하는 라오스의 전통 의식이다. 사람들이 차례로 다가와 손목에 실을 묶어 주면서 라오스어로 많은 기원의 말을 해주었다. 의식이 이어지는 동안 우리의 양쪽 손목에는 축원의 팔찌들이 겹겹이 채워졌다. 말뜻은 알아들을 수 없었으나 마음이 고스란히 느껴져서 가슴이 뭉클했다. 마지막으로 우리가 가져간 선물을 전해주었다. 아이들은 진심으로 좋아했다. 선물을 받아 든 아이들의 기쁨으로 말갛게 빛나는 눈망울을 보면서 내 마음도 덩달아 행복해졌다.

공식적인 일정을 마치고 라오스 관광을 했다. 라오스는 지리적으로 태국과 미얀마와 함께 황금의 삼각 지대를 공유하고 있다. 특히 태국과는 강 하나를 사이에 두고 길게 국경을 접하고 있다. 지리적인 여건상 수많은 전쟁을 치러야 했다. 그리고 전쟁할 때마다 패하는 바람에 나중에는 싸워볼 생각도 안 하고 조건 없이 손을 들었다고 한다. 오랫동안 계속된 내전으로 인하여 전쟁이 싫어진 탓도 있었겠지만, 워낙 낙천적인 라오스 사람들의 국민성 때문인 것 같다. 그들은 욕심이 없었다. 기념품 가게에서든 야시장에서든 호객하는 모습을 한 번도 본 적이 없다. 거리를 걷는 사람들은 서두르지 않고 느긋했다. 유럽처럼 팁 문화가 일상화된 곳과는 달리 라오스에서는 주면 고맙게 받을 뿐이었다.

어쩌다 보니 일정이 늦어져서 밤중에 카약을 타게 되었다. 사방이 고요한 가운데 물소리만 크게 들려오고 하늘을 올려다보니 보름달이 높이 떠 있었다. 이 먼 이국땅의 흔들리는 작은 배 위에서 밤하늘을 바라보고 있다는 사실이 어딘지 비현실적으로 느껴졌다. 밤의 고요한 정취가 더해지자 기분이 한없이 감성적으로 젖어 들었다. 내가 강물인지 강물이 나인지 어느 순간 함께 누워 흘러가고 있다는 착각이 들었다. 물아일체란 이런 거구나 싶었다. 이름조차 생소했던 라오스는 단숨에 내 마음을 사로잡아 버렸다. 이번 여행은 '여행'이라는 단어만으로는 설명이 부족한 어떤 특별함이 있다. 타임머신을 타고 여백 많은 한 폭의 동양화 속으로 시간여행을 온 느낌이랄까?

그날 밤 발 마사지를 받고 있는데 밖에서 말소리가 들려왔다.

"가위바위보!"

"안! 녕! 하! 세! 요! 안녕하세요."

어디서 많이 듣던 목소리인데? 끝나고 밖으로 나와 보니 남편이 웬 꼬마와 이야기하고 있다. 심심해서 골목에서 만난 아이를 붙잡고 한국말도 가르쳐 주면서 함께 놀고 있었노라고 했다. 어이없기도 하면서 쿡 웃음이 터졌다. 남편은 어느새 이 나라를 닮아 버린 걸까? 언뜻 청년 시절의 열정과 천진난만함이 보였다. 이 나라는 사람의 마음을 순수한 시절로 돌려주는 묘한 능력이 있는가 보다. 그동안 손해라도 보면 어쩌나, 전전긍긍하며 살았던 나 자신이 부끄러워졌다.

한국으로 돌아온 다음 날에서야 나는 손목에 묶인 실타래를 풀었다. 삼 일간 매고 있으면 좋다고 해서기도 했지만, 가닥가닥 배어있는 여행의 여운을 좀 더 간직하고 싶어서였다. 시간조차 쉬이 흐르지 못하고 머물러 있을 것만 같은 땅 라오스. 산처럼 묵묵히 자신의 삶을 살고 있을 뿐, 무심히 흘러가는 강물처럼 욕심 없는 사람들이 사는 나라다. 순박하고 바쁜 것 없는 그들의 표정에서는 아날로그 냄새가 났다.

야시장에서 사 온 워터볼을 재미 삼아 획 한번 흔들어 본다. 바닥에 가라앉았던 반짝이가 떠올라 빠뚜싸이 모형 위로 눈꽃처럼 날린다. 기억 속에서, 먼지 위에 아랑곳없이 선명하게 피어있던 꽃들과 아이들의 말간 눈빛과 달빛 아래 정겹던 남편의 뒷모습이 차례로 반짝이처럼 떠올랐다가 가라앉는다.

나를 행복하게 만들어준 그 나라에 인사하고 싶다.

"콥차이 라오스."

(2014)

*콥차이: '고맙습니다'라는 라오스어

# 자작나무숲에서 온 편지

엽서를 읽는다. '바람이 숲을 지나가면 낮은 데 이파리들이 먼저 수런대고, 한발 늦게 키 큰 우듬지가 나무늘보처럼 느리게 흔들거린다. 세상이 이토록 반짝였던가.' 사연을 읽는 동안 나는 어느새 자작나무숲 한가운데 돗자리를 펴고 누워 하늘을 올려다보고 있다.

이태 전 원대리 자작나무숲에 갔다가 느린 우체통이 있어 나에게 보내는 엽서 한 장을 써넣었다. 그리고 그 일 년 뒤에 엽서를 받았다. 엽서를 손에 들자 일상으로 돌아와 바쁘게 지내며 까맣게 잊고 있던 그날의 감동이 고스란히 떠올랐다. 하얀 나무줄기와 예쁘게 반짝이는 초록 잎들, 그 사이로 언뜻언뜻 보이던 하늘. 가파른 숲길로 한참을 올라가 마법처럼 자작나무숲이 펼쳐졌을 때의 그 기쁨과 환희가 어제 일처럼 생생했다. 그 뒤로 오늘처럼 가끔 머리가 복잡해질 때면 이 엽서 편지를 꺼내 보곤 한다.

자작나무숲 가운데 정자가 있었다. 앉아 쉬면서 빼곡하게 둘러쳐진 자작나무들을 향해 손가락 네모를 만들어 갖다 대면 어디여도 그대로 한 폭의 그림이었다. 팔랑거리는 이파리가 하늘을 덮고 아기 엉덩이처럼 희고 보드라운 줄기들이 사방으로 둘러쳐진 그 속에서는 바람도 실컷 장난치며 놀다 갈 것 같았다. 시야에 들어오는 모든 풍경과 가만히 눈 감고 듣는 바람 소리만으로도 금세 숲이 좋아졌지만, 우연히 만난 해설사 덕에 자작나무의 매력에 한층 더 빠져들었다.

자작나무 껍질은 기름기가 많아 습기에 강하고 불에 잘 탄다. 그래서 옛날 결혼식 때 신방을 밝히는 촛불의 재료로 사용되곤 했다. 흔히 결혼식 첫날밤을 '화촉을 밝힌다'라고 하는데, '자작나무 화(樺)' 자에 '촛불 촉(燭)' 자를 쓴다는 것을 그때 처음 알았다. 방수성이 좋아 배를 만들고 또 종이 대용으로 사용하기도 했다. 천마총의 천마도 그림을 자작나무 껍질에 그렸다는 것도 알게 되었다. 해리포터의 마법 빗자루, 파이어 볼트가 자작나무로 만들어졌다는 사실은 나중에 아들에게도 말해주었다.

해설사가 자작나무와 메밀국수(평양냉면)를 사랑했다는 시인 백석의 시 한 소절을 암송했다.


산골 집은 대들보도 기둥도 문살도 자작나무다
밤이면 캥캥 여우가 우는 산도 자작나무다
그 맛있는 메밀국수를 삶는 장작도 자작나무다
그리고 감로(甘露)같이 단 샘이 솟는 박우물도 자작나무다
산 너머는 평안도 땅도 뵈인다는 이 산골은 온통 자작나무다

그날 집으로 돌아와 백석의 시들을 찾아봤다. 솔직 담백하고 꾸밈 없이 소박한 그의 시들은 읽을수록 내 취향이었다. 어린아이가 쓴 듯 옆에 있는 친구에게 말하듯 소박하고 친근한 어투의 시를 읽으면 덩달아 순수해지는 느낌이 든다. 자작나무숲의 바람은 무색무취여도 피톤치드가 풍부한 것처럼 백석의 시는 눈길을 잡아끄는 문구 하나 없어도 정신을 맑게 하는 어떤 힘이 있다.

'국수'라는 시를 읽고 나는 그 맛이 궁금했다. 백석의 국수는 평양냉면을 말하는 것이라고 한다. '히수무레하고 부드럽고 수수하고 슴슴한'이라는 시인의 표현만으로는 맛을 짐작하기 어려웠다. 큰딸이 평양냉면을 좋아한다기에 얼굴도 볼 겸 서울에 올라가 유명한 평양냉면집을 찾아갔다. 첫 느낌은 조금 실망스러웠다. 솔직히 맛이라 할 만한 어떤 맛이 없다고나 할까. '자극적이지 않고 건강한 맛' 정도면 적당한 표현일 듯하다. 그 후로 또 먹을 것 같지는 않았다. 그런데 신기하게도 아주 가끔, 지나치게 깔끔한 그 맛이 생각나곤 했다. 그래서 두 번쯤 더 먹었다. 엽서를 봐서 그런지 평양냉면이 생각난다. 다음에 서울 가면 한 그릇 먹고 와야겠다.

곰곰이 생각해 보니 내가 되고 싶은 사람이 백석의 국수처럼 고담(枯淡)하고 소박한 그런 사람인 것 같다. 그런 사람이 되어 히수무레하고 부드럽고 수수하고 슴슴한 글을 쓰면 좋겠다.

(2024)

# 별이 된 꿈

선상에서 바라보는 석양이 아름답다. 오늘은 코타키나발루에서의 둘째 날, 아시아의 허파라는 맹그로브 강에 왔다. 선착장 근처 식당에서 현지식으로 간단히 저녁 식사를 하고 반딧불이 투어를 위해 아담한 배에 올랐다. 어두워지길 기다리고 있다. 해 질 녘 괜히 누군가가 그리워지는 시간이다. 타국의 황혼은 유난히 코끝을 찡하게 만든다.

시나브로 어둠이 내려앉자 배가 출발했다. 현지 가이드가 반딧불이를 불러주는 사람, '빵길(panggil)맨'을 소개한다. "마리마리" 빵길맨은 우리에게 반딧불이를 부르는 주문을 가르쳐 주었다. 반딧불이가 스스로 날아와 손에 앉으면 첫사랑이 이루어진다는 전설을 들려주고, 반딧불이를 잡아 소원을 빌면 그 소원이 이루어진다는 이야기도 해주었다. 그 순간, 아주 잠깐 혹시 빵길맨이 세노이족의 후예일지 모른다고 생각했다.

언젠가 책에서 말레이시아 밀림에 사는 세노이족에 대해 읽은 적이 있다. 꿈을 훈련해 다룬다는 세노이족, 그들은 자신이 원하는 게 있으면 그 일을 떠올리며 잠자리에 든다고 한다. 그러면 꿈속에서 그 일을 실현한다고 했다. 하긴 꿈속에서야 못할 일이 있을까.

얼마쯤 강을 거슬러 올라왔을까 빵길맨이 뱃머리로 나간다. 그러고는 손에 초록색 작은 야광봉을 들고 구애하는 암컷 반딧불이를 연기하기 시작했다. 천천히 움직이면서 깜빡이기도 하고, 빠르게 또 느리게 움직이면서 마치 날아다니는 암컷 반딧불이인 양 뱃전을 오간다. 그때 어디선가 작게 주문을 외는 소리가 들렸다. 그러자 너도나도 주문을 따라 외기 시작했다. "마리마리, 마리마리…" 그러다 갑작스레 앞쪽에서 환호성이 터졌다. 양옆으로 그림자처럼 늘어선 맹그로브 나무에 전구가 달린 것처럼 작고 노란빛이 깜빡거리는 것이었다. 커다란 크리스마스트리가 줄지어 반짝이는 듯 황홀한 광경에 여기저기서 끊임없이 탄성이 쏟아졌다.

어느 사이에 빵길맨의 연기에 속아 넘어간 수컷 반딧불이들이 하나둘 배 안쪽으로 날아들기 시작했다. 사람들이 점점 더 빠르게 마리마리를 중얼거리며 눈앞으로 날아오는 반딧불이를 향해 나팔처럼 양손을 뻗는다. 나도 반딧불이를 잡기 위해 손을 들어 마주쳐보지만 계속 헛손질할 뿐이다. 옆에 앉은 아저씨는 벌써 세 마리째 잡아 딸과 일행의 손안에 건네주고 있다. 아무래도 아저씨가 하는 양부터 관찰해야 할 듯싶다. 곁눈질로 지켜보니 아저씨는 반딧불이가 가까이 오길 기다렸다가 순간적으로 낚아채듯 손을 움켜쥐곤 한다. 바로 저거다!

아저씨의 방법으로 드디어 나도 한 마리를 잡았다. 그런데 손안에 반딧불이가 생각보다 작고 너무 가볍다. 정말 잡은 건지 의심스러울 정도로 무게감이 거의 느껴지지 않았다. 손가락 사이로 새어 나오는 빛이 아니었다면 나는 분명 확인하려고 손을 폈다가 놓쳤을 것이다. 양손을 오므려 공간을 만들고 엄지손가락과 집게손가락 사이 틈으로 안을 가만 들여다보았다. 반딧불이는 잡힌 줄도 모르고 손바닥을 무심히 기어다닌다. 꽁무니 불빛을 우아하게 깜빡거리면서.

반딧불이는 날 때부터 뱃속에 형광물질을 가지고 있다고 한다. 탈피를 거듭하면서 그 빛이 점점 더 밝아진다는 것이다. 이렇게 빛을 내기까지 얼마나 고비가 많았을까. 그 순간 문득 그 깜빡거림이 그들만의 언어일지 모른다는 생각이 들었다. 끊임없이 깜빡거리는 일이 목숨처럼 지켜온 꿈을 이루기 위한 간절한 몸짓은 아닐까. 갑자기 손안에 갇힌 작고 여린 생명체가 가여워졌다. 혹시 불빛이 사그라들지도 모른다는 불안감이 엄습해 나는 천천히 손을 폈다. 잠시 뒤 반딧불이는 잡힐 때와 마찬가지로 풀려나는 것인지도 모르는 채 손끝에서 날아오른다. 이내 반짝이는 무리 속으로 섞이는가 싶더니 하늘로 높이 높이 올라갔다.

별빛 가득한 거대한 밤하늘이 한꺼번에 쏟아지듯 두 눈에 들어왔다. 꿈을 매달고 하늘로 올라간 반딧불이들이 모두 별이 된 걸까. 보석을 뿌려 놓은 듯한 저 별 밭 어딘가에 내 반딧불이도 빛나고 있을 것만 같다. 가슴이 벅차올라 고개가 아픈 줄도 모르고 한참 동안 올려다보고만 있는데 어디선가 기타 소리가 들려왔다. 빵길맨이 기타를 치며 '개똥벌레'를 선창한다. 주문처럼 누가 먼저랄 것 없이 합창이 이어진다. "가지 마라, 가지 마라, 가지 말아라…" 반딧불이를 따라 우리의 노래도 자꾸만 하늘로, 하늘로 올라간다.

내 안의 불안하던 꿈 빛이 비로소 또렷해지는 느낌이다. 그동안 내 글쓰기의 꿈도 반딧불이처럼 깜빡였다. 잘 풀리는 날에는 의욕에 차 누구보다 빛을 발하다가도, 어느 순간 역부족이라는 생각에 암흑이 되곤 했다. 엉켜버린 실뭉치를 밤새 풀어보려다가 끊는 수밖에는 길이 없다는 걸 인정하고 절망했을 때, 그래서 매듭투성이 털실로 짜놓은 옷처럼 마감에 쫓겨 부끄러운 글을 내놓아야 했을 때는 수없이 포기를 생각했었다. 그런 나의 반딧불이도 별이 될 수 있을까. 그리고 하늘을 올려다보면 언제든 나를 향해 반짝여줄까?

선착장의 밝은 빛 속으로 돌아오니 반딧불이는 사라지고 별빛 역시 희미해졌다. 하지만 나는 안다. 흐린 날에도 구름 뒤에서 별은 여전히 빛나고 있다가 언제든 다시 나타난다는 것을. 어둠이 짙을수록 오히려 더 밝게 빛날 것을 믿게 되었다.

(2020)

# 사물에서 찾은 신선한 감각의 촉

## 이은일 수필을 말하다

**반숙자** 수필가

작가가 건네준 수필 25편을 두 번 읽었다. 처음에는 호기심으로 대충 읽으며 가슴 벅차게 차오르는 것의 정체를 몰랐다. 그것이 무엇일까, 조금은 긴장하며 다시 읽었다. 그리고 마지막 장을 덮으며 바로 이것이라는 확신에 찬 결론을 얻었다. 수필은 인간의 본성을 자기만의 빛깔로 생생하게 그려내는 문학이다. 삼라만상에서 나만의 촉으로 제재를 끌어당겨 가슴에 품어야 형상화가 가능하다. 거기에 서정과 서사와 사유가 어우러져 생명 있는 글이 탄생한다.

이은일 작가는 2015년도에 『수필과 비평』으로 등단한 재원이다. 수필교실 초창기부터 회원과 임원직을 맡아왔다. 한국문인협회와 음성문인협회, 음성수필문학회 사무국장으로 활동하며 오랫동안 지방 신문에 칼럼을 연재하는 현역이다. 이뿐만이 아니라 민화에도 조예가 깊고 동화구연과 전공을 살려 도내 중학교에 가정 교과를 가르치는 교사로도 바쁘게 살아가는 생활인이다.

내가 십여 년 전 이 작가를 처음 보고 느낀 인상이 조용하고 지적인 사람이라는 것, 쉽게 경계를 허무는 사람이 아니라는 인상이었다. 수업 중에 작품을 평할 때는 대단한 열정으로 소신껏 의견을 제시하는 모습에서 내면이 단단한 사람이라는 인상을 받았다.

앞에서 바로 이것이라는 결론은 이은일 작가의 작품에서 느끼는 사물을 향한 촉이다. 감각기관과 대상이 만나서 의식이 생길 때 일어나는 접촉감, 거창하게가 아니라도 사람은 누구나 자기만의 촉을 가지고 산다. 다만 그 촉을 어떻게 쓰느냐에 따라 삶의 모습이 달라지고 내용이 달라질 수 있는 것이다. 이것을 예술에서는 영감이라 해도 좋을 것이다.

「허새와 나」의 끝마무리에서 이 작가가 지닌 창작의 지표를 말했다. 집에서 기르던 앵무새를 보내며 모자라고 서툴더라도 그대로의 나의 글을 쓰겠다는 조용한 다짐이다. 누군가의 삶이 아니라 내 삶을 살아보고 글을 쓰겠다는… 그것은 일테면 대단한 자각이다.

글은 가족 이야기와 나아가 사회성 있는 글이 오밀조밀 고운 비단으로 짜였다. 왜 비단이라고 칭했느냐면 글의 행간까지 물들이는 가족 사랑과 그 사랑을 수필로 구체화한 작가의 지혜와 해찰이 특별해서다. 내가 본 첫 글은 「그 남자가 사는 법」이다. 이 글은 관찰자의 시선으로 어떤 씨름판의 상황을 묘사했다. 생생한 관찰과 유추와 해설로 독자를 흡입한다. 씨름에 대한 지식도 수준 이상이다.

여기는 씨름판이다. 씨름은 두 선수가 겨루는 운동이다. 한 선수는 젊고 그 남자는 상대편을 대적할만한 마땅한 젊은 선수가 없어서 지천명의 나이로 청년부에 나왔다고 서술한다.

상대가 허리 샅바를 놓고 들어온다. 뒷무릎치기란 말이지? 그렇다면 되치기다. 정면승부가 여의치 않을 때는 상대방의 힘을 역 이용하는 것이 훌륭한 기술이다. 재빠르게 왼쪽으로 돌면서 상대가 미는 힘을 이용해 남자는 바깥다리 후리기로 응수한다. 찰나(刹那), 상대편 선수의 육중한 몸체가 중심을 잃고 한쪽으로 기우는 게 느껴진다.

— 「그 남자가 사는 법」에서


"모래판 밖의 한 여자는 생각한다.

이쯤에서 이 남자가 사는 법을 인정해줘야 할까 보다."

글은 이렇게 끝난다. 일반적으로 수필을 쓸 때 1인칭으로 쓰는 경우가 많다. 왜냐하면 글의 주인공이 바로 자기 자신이어서다. 이 글의 작가는 씨름판의 주인공을 작가와 무관하게 '그 남자'로 3인칭 기법을 썼다. 그럼 누구야? 독자가 궁금증을 일으키도록 의문의 묘미를 한껏 살리고 재미를 더했다. "모래판 밖의 한 여자는 생각한다." 마지막에 단 한 줄로 남편임을 드러낸다. 쉬운 구성이 아니다. 독자를 주목하게 하는 묘미를 발산한다.

다음은 「묘한 족보」다. 제목만 보기에는 무얼까 하는 호기심이 발동한다. 작가와 아들이 펼치는 한마당 단막극이 유머와 풍자로 이끈다. 글은 원룸에서 학교를 다니는 아들 이야기다. 그동안 금요일에 와서 일요일까지 있다가 가던 아들이 어느 날부턴가 하룻밤만 자고 갔다. 육아를 위해서라고 했다. 작가가 원룸에 도착해 보니 불안해 보이는 눈빛 하나를 만났다.

"밍아, 인사해, 할머니야"

아들이 보내는 촉이 대단하다. 여기까지는 아들이 기르는 반려묘 밍이는 분명 손녀다. 글이 후반부로 가면서 밍이가 작가와 동거하는 내용이 서술된다. 아들은 뒤로 슬쩍 밀려나고 밍이가 차지하는 재롱으로 가득 찬다. 그러다가 방학이 끝날 무렵 친구들과 여행을 간다는 아들과의 대화,

"밍아, 오빠 갔다 올 때까지 엄마 말 잘 듣고 있어!"

어이가 없다고 고백한 작가는 이런 메시지를 전한다.

반려동물을 가족으로 받아들이게 된 요즘, 사람 곁에서 정서상 깊이 관여하고 있는 반려동물과 함께 행복하게 살아가기 위한 고민은 꼭 필요한 것 같다. 반려동물을 끝까지 보살피고 사랑하며 살아가는 것은 당연한 일이다. 필요해서 키우다가 귀찮아지면 버리고, 생명에 대한 최소한의 존중 없이 동물을 학대하는 일은 있어서는 안 될 것이다. 세상에 어느 하나 귀하지 않은 생명은 없으니 말이다.

밍이가 다가와 눈키스를 보내온다. 손녀딸이든 늦둥이 딸이든, 족보야 무슨 상관이 있으랴. 오로지 사랑하며 살 일만 남았다.

—「묘한 족보」에서

이 글에서 작가가 세상에 던지는 메시지가 든든하다. 지금 우리

시대는 반려견, 반려묘 기르기가 붐을 이루고 있다. 이런 현상은 사회적인 문제점을 드러낸다. 현대인은 고독하다. 사람과 사람 사이에서 온기를 찾는 것이 아니라 저마다 자기식으로 혼자만의 방식으로 산다. 그러다 보니 동물들을 기르다가 버리는 일이 발생한다. 작가는 이러한 사회적 문제에 접근한다. 모든 생명에 대한 존엄성을 지킬 때 그것이 바로 참사랑임을.

다음은 소재가 문학적 생명력을 얻게 되는 진정한 만남을 보여주는 글이다. 작가의 뜨거운 체온이 전해질 때 소재는 제재로 생명력을 얻게 된다. 그 제재가 작가의 사유를 통해 생생해지면 주제가 된다.

친정아버지께서는 정년퇴임을 하신 뒤, 옛날 집터 위에 새로 이층집을 짓고 이사를 하셨다. 자식들이 모두 모인 날, 아버지는 정원에 가족 나무를 하나씩 사다 심자고 하셨다. 각자 가정을 이루어 따로 살아가는 자식들이 같은 정원에 뿌리내리고 사이좋게 살기를 바라셨던 것 같다.

—「아버지의 정원」에서

바로 이 문장이다. 새로 만든 정원에 자식들 나무를 심자고 제안하는 아버지의 자식들을 향한 깊은 사랑, 그것은 염원이다. 한 부모 품에서 태어나 자란 핏줄의 *끈끈한* 정을 자손만대 이어가고자 하는 부성애가 크고 깊다. 보기 드문 가족애다. 작가네는 은청가문비나무를 심었는데 성장 속도가 느리다. 작가는 그 나무를 자신의 글쓰기로 비유한다.

은청가문비나무가 자라 그 그늘에서 아버지가 땀을 식힐 때쯤이면 나의 글쓰기도 어느 정도는 자라있을까? 사람의 마음을 움직이게 하는 글을 쓰고 싶다. 콩 덩굴에 기꺼이 허리를 내어주는 나무들이 살고, 소박하게 제 꽃을 피우는 야생화가 이야기를 멈추지 않는 아버지의 뜰 안에서, 분명 나의 글쓰기도 조금씩 살이 찌고 키가 크고 있을 것이다. 눈에 보이지 않지만 매일 자라는 은청가문비처럼.

―「아버지의 정원」에서

이 글 한 편만으로도 작가가 지향하는 문학도의 마음가짐이 잘 드러나 있다. 이뿐이 아니다. 작가는「그래도 괜찮아, 나는 반딧불」에서 구체화한다. "나는 내가 빛나는 별인 줄 알았어요"로 시작하는 '나는 반딧불'이라는 노랫말을 가져온다. 그 글 끝에 작가는 노랫말처럼 애석하게도 빛나는 별이 아닌 벌레라는 것을 알아버렸다고 고백하며 다음과 같은 결말을 짓는다. 여운이 긴 글이다.

"…그래도 많고 많은 벌레 중에 서 '빛을 품은 벌레'라는 것이 얼마나 다행인가"라고. 바로 긍정의 힘이다. 스스로를 부추기는 희망의 언약이 반딧불 노래처럼 독자의 가슴에 여진을 남기는 글이다.

다음은 아름다운 인성에 대한 작품이다. 수필을 처음 배울 때 삶과 글이 하나라는 이야기를 듣는다. 그것을 풀어준 것이 바로 「밑반찬」이다. 제목만 보면 주부라면 누구나 쓸 수 있는 평범한 소재인데 작가는 그 평범함 속에서 비범한 예지를 발휘한다. 그것은 바로 사물의 본질에 접근하는 작가만의 개성이며 촉이라 할 수 있다. 내용은 대동물 전문 수의사인 남편을 돕는 주부의 일상이 그려진다. 시도 때도 없이 외근을 하는 남편을 위해 식사를 준비하는 주부의 긴장감, 책임감을 서술 후, 밑반찬이 등장한다. 평상시 준비해 둔 밑반찬만 있으면 아무리 급한 시간에도 식사 한 끼를 무난히 마련한다는. 그 끝에 일반화로 장을 넘긴다.

밑반찬이 맛있는 데다 주인장의 인심까지 후해서 자꾸 찾게 되는 집이 있다. 늘 맛깔스런 밑반찬을 준비하는 단골집은 항상 손님이 넘쳐난다. 사람도 마찬가지로 볼수록 좋고 오래 같이 있고 싶은 사람이 있다. 마음바탕이 훌륭한 사람 옆에는 늘 좋은 인연으로 북적거리게 마련이다. 그래서 좋은 사람을 만나고 싶다면 내가 먼저 좋은 사람이 되면 된다. 늘 마음의 밑반찬을 준비해둬야 하는 분명한 이유다.
　　　　　　　　　　　　　　　　　　　　　　　　　　　　　　－「밑반찬」에서

작가는 이 작품을 준비하기 앞서 마음의 밑반찬에 이미 가 닿은 결과다. 수필을 일러 일상의 문학, 삶의 문학이라 이르는 중요한 의

미다. 글과 사람이 어긋나지 않을 때 진정한 가치가 있음을 보여주는 글이다. 여기에서 더 보태고 싶은 것이 바로 글쓰는 이들의 준비성이다. 평소 독서를 많이 하고 메모를 하고 깨어 있는 의식으로 산다는 것은 바로 주부가 밑반찬을 준비하는 과정이다. 바로 「사람의 관계론」으로 점진적인 사유로 묵직한 주제를 내포하고 있는 좋은 글이다.

다음은 서정과 서사가 어우러진 글이다. 수필은 이 두 가지 요소가 적절히 균형을 이룰 때 완성도가 높다. 바로 「월든, 내 마음의 정화수」다. 작가는 여름방학 끝 무렵 아들과 함께 월든 호수를 찾는다. 장황한 서론 없이 바로 현장이다.

> 아침 호숫가를 걷는다… 낯선 새소리를 들으며 나 혼자 오롯이 걷는다. 백 오십 년 전에 소로도 여기에서 새들의 노래를 들었을까를 생각하자 가슴이 막 뛴다 이 길을 실제로 걷고 있다는 사실만으로도 가슴이 뻐근했다.
>
> ―「월든, 내 마음의 정화수」에서

작가는 이 책을 읽고 버킷리스트에 넣었던 곳이라고 서술하면서 소박한 시작을 한다. 작가뿐이 아니라 전 세계 수많은 독자를 가진 『월든』을 읽은 사람이라면 누구나 한 번쯤 꿈꾼 여행지다. 작가의 기억과 시선이 꼼꼼하다. 젊은 날의 소로를 상상한다. 소로가 연필공장을 다닐 때, 교사생활을 할 때, 불쑥불쑥 땡땡이치고 호수를 찾은 소로, 아침 호수에서 보트를 타고 몽상에 잠겼다는 소로를 꼼꼼하게 소환하고 드디어 그의 오두막 자리에 당도한다.

이정표를 따라 숲으로 조금 올라가니 소로의 오두막집터가 나왔다. 집이랄 것도 없이 작은 방 한 칸 넓이의 사각 터에 아홉 개의 돌기둥이 서 있다. 침대 하나, 탁자 하나, 책상 하나, 의자 셋이 놓였을 만한 자리를 가늠해 본다. 오롯이 혼자였기에 가능했을 그 실험, 직접 눈으로 보고 나니 '간소한 삶'의 무게가 조금은 다르게 다가오는 듯하다. 그는 알았을까, 이 작은 오두막이 세기를 건너 누군가의 심장을 뛰게 할 것을, 이 웅장하달 것 없는 호수가 얼마나 강력하게 변모하게 될 줄을.
          ― 「월든, 내 마음의 정화수」에서

작가는 지구 반대편에서 달려간 촌부라고 스스로를 칭하면서 돌탑에 돌 하나를 얹는다. 시선 하나하나가 진지하다. 그것은 책으로 읽은 『월든』의 메시지를 터득한 결과다.

헨리 데이빗 소로는 『월든』에서 사람들이 지나치게 욕망에 취해서 복잡하게 사는 것을 보고 자연 속에서 단순하게 살라고 한다. 거기에 자신만의 삶을 살아보라고 이른다. 체면과 눈치에 전 현대인들에게 소박한 삶이 주는 자신만의 방식으로 단순하고 소박하게 살면 자연과 하나 되고 자신을 들여다보며 새롭게 변할 수 있다고 『월든』에서 피력했다.

작가의 아들은 글 쓰는 엄마가 사색할 시간이 필요하다고 슬며시 자리를 피해 주고 적절한 시간에 호수에 수영을 권한다. 모자는 수영을 즐기고 나오면서 다음과 같은 대미를 장식한다.

물속에서 나올 때 빈 물병에 호숫물을 채웠다. 집으로 돌아가 책상 위에 올려두고 나만의 정화수로 삼을 생각에서다. 눈을 감으면 어느새 파란 눈의 월든 호수가 펼쳐지고, 언제든 그 품에 온 마음을 담글 수 있도록. 그리하여 나도 조금 더 맑아질 수 있도록.
$-$「월든, 내 마음의 정화수」에서

보통 여행기를 쓸 때 본 것 위주로 설명에 치우치는 경우가 많다. 그러나 작가는 느낌과 사유를 중심으로 펼쳐나갔다. 그것은 만반의 준비로 책을 읽고 먼저 생각하고 현지에 당도해 보고 느낀 것을 담아냈기 때문이다.

끝으로 책 제목인 「천 번의 고백」을 살펴본다. 수필을 읽을 때 여러 가지 느낌을 받지만, 이 글처럼 사람을 행복하게 하기는 쉽지 않다. 글의 서두는 자꾸 좋은 일이 생긴다는 현재로 시작해서 2년 전 작가가 수술을 받은 이야기로 이어진다. 체력확보를 위해 시작하게 된 읍사무소 돌기의 걷기다. 아무도 없는 저녁 혼자서 음악을 들으며 걷다가 절 마당의 탑돌이 생각이 나서 아들을 위해 기도하며 걷는다. 이어 가족들을 위한 기도가 사랑 고백으로 이어진다. 걷는 횟수가 늘어가며 건강도 좋아지고 생각도 깊어진다. 스무 바퀴를 도는 동안 천 번의 고백을 하는데 그때부터 신이 나고 다 잘될 것 같은 예감이 드는 것이다. 재미있는 것은 그냥 걷는 것이 아니라 쑥스러워서 한 번도 대놓고 고백하지 못한 남편에게 사랑 고백으로 바뀐다.

한 발짝에, 한 글자씩 속으로 슫하게 중얼거리던 그 말을 소리 내서 말해본다.
"여, 보, 사, 랑, 해.   여, 보, 사, 랑, 해…." (중략)
나는 매일 밤 천 번씩 사랑을 고백하는 여자다. 내가 돌아간 뒤 혼잣말처럼 찍어놓은 수많은 고백의 발자국들이 제 주인을 찾아 저벅저벅 걸어가는 상상을 해본다. 그 발자국들이 누군가의 마음에 닿아 기분 좋은 내일을 선물할지도 모른다.
　　　　　　　　　　　　　　　　　　　　　　　　　－「천 번의 고백」에서

이 글은 독특한 소재다. 준비된 작가만이 낼 수 있는 발상이요 전개다. 건강을 찾고 스스로 차오르는 행복감이 가족관계를 더욱 돈독하게 하고 나아가 가족과 또 그 누구들에게 가 닿는 행복의 상승이다.

스물다섯 편의 수필을 들고 뜨거운 여름을 보냈지만 지금 내 앞에 차려진 보람과 기쁨의 그릇은 크다. 하여 나는 이 작가의 글에 '행복 배달꾼'이라는 이름을 붙여주고 싶다. 글 속에 품은 사랑이 자연스럽게 유로되어 글의 행간까지 물들이는 묘약이 무엇일까. 그것은 자신에 대한 흔들림 없는 자존감이다. 어려서부터 지혜로운 부모님으로부터 받은 사랑이 바탕이 되어 많은 독서와 노력으로 가꾸어 온 지성과 인성의 조합, 바로 그것이다. 여기에 덧붙이고 싶은 것은 작가가 좋은 글을 쓰도록 영감을 주는 아들, 딸, 그리고 믿음직한 남편의 존재다. 그건 축복이다.

앞으로 작가는 남다른 감각의 촉으로 더 좋은 삶을 가꾸고 좋은 글을 쓰리라 믿는다. 그리하여 수필로 행복배달꾼의 사명을 다하고 우리 사회를 밝힐 등불이 되리라 기대한다.

이 은 일   수 필 집

천번의고백